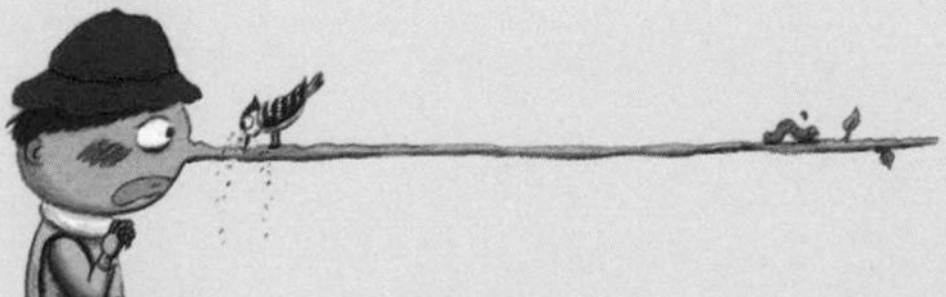

111個最難忘的故事

第3集
小獵犬

最新
800字
短篇故事

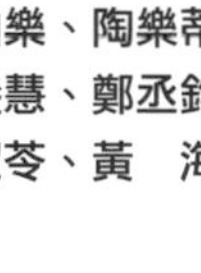

傅林統、劉伯樂、陶樂蒂
林武憲、施養慧、鄭丞鈞 等｜合著
陳郁如、洪淑苓、黃　海
王秋香｜繪

序一

最初的耳語者仍未走開

黃雅淳
國立臺東大學兒童文學研究所副教授

你是否還記得自己第一次的閱讀經驗？如果讓你選擇一個童年時期最難忘的故事，那會是什麼？為什麼？新疆作家李娟曾寫下她第一次讀懂文字意義時的震撼：

好像寫出文字的那個人無限湊近我，只對我一個人耳語。這種交流是之前在家長老師及同學們那裡不曾體會過的。那可能是我最初的第一場閱讀，猶如開殼中小雞啄開堅硬蛋殼的第一個小小孔隙。（〈閱讀記〉）

這個閱讀體驗打開了她身在遙遠的阿勒泰哈薩克部落中的一扇門，從此通向更廣大世界。

榮格心理分析學派對人類心靈有一個假設，認為人的內在有一個核心真我（Self，或稱「自性」），它對每一個獨特生命的發展有獨特的意圖，它發展的目的是要成為一個完整、獨特又真實的自己。榮格考察不同民族的宗教、神話、傳說、童話與寓言，得到所有人類共有的幾種原型。他認為原型故事在文學的位置就如同單細胞般的存在，擁有不停被演繹的可能性，所以可以跨越時間與文化，觸動不同的心靈。

這套《111個最難忘的故事》邀請了臺灣四十位老中青不同世代的兒文作家，各自採集童年最難忘的故事，改寫為八百字短篇故事，並說明這個故事令他難忘的原因。奇妙的是，這些被記錄的故事大多是中西方神話、童話等民間文學，以及口傳的家族故事。這似乎驗證了榮格分析學派的理論，這些仍圍繞在我們身邊的古老神話、傳說與童話，必然存在著與當代人心靈仍能相應的精神內涵，呼應著述說者各自的內在狀態。當我們對某些故事特別有所感時，或許它正與我們生命中的主旋律合拍共鳴。而當這些跨越文化與時空的原型故事出現在我們眼前，講述者與聆聽者也將投射自己的經驗、想像與理解在其中，進而看見故事中的智慧與體悟如何回應著我們當下的生命處境。如此，故事往往會從一個古老的「他者」故事變成「我的」故事，而同一個故事也會因為一再被傳述而延續，成為人類共同的文化記憶與資產。

所以，當我們閱讀這些被不同世代作家所採集或重寫的童年難忘故事時，似乎看見當年對這些作家訴說的神秘耳語者仍未走開，它仍透過故事對每一個讀者訴說著屬於他，或許也將屬於我們的心靈祕密與寶藏。

序二

以新時代語言　傳遞雋永故事

～臺灣首度跨世代故事採集～

馮季眉　字畝文化社長兼總編輯

作家是最會說故事的人！而他們小時候，一定也有人為他們說好聽的故事。那些好聽的故事，讓他們成為愛聽故事、愛寫故事、愛分享故事的人，並且用自己釀造的故事，豐富這個世界，也回應飽含故事滋養的童年不時對他們發出的召喚。

有一次和幾位兒童文學作家朋友相聚，故事高手們見了面，七嘴八舌，不是說八卦，而是說故事。童書作家的腦子和肚子裡，似乎隨時裝滿各式各樣、五顏六色、神奇精采的故事，它們活潑又充滿生機，不時會淘氣的跑出來玩。這樣的聚會，簡直像是一場交換故事的遊戲，彼此交換正在進行以及還在醞釀中的故事。就這樣，每個說故事的人都換到好些有趣的故事。在兒童文學還沒有成形以前，故事都以口傳方式流傳，這種互相交換故事的遊戲，不正是故事採集與書寫的源頭嗎？透過採集與書寫，使得原本僅僅流傳於一時一地的口傳文學，能夠代代相傳而成為人類社會共享的資產。

這個交換故事的有趣經驗，促使我想將它轉化為童書編輯計畫，邀集分屬不同世代、不同成長背景的臺灣兒童文學作家，一起回顧童年聽過或讀過、迄今仍印象深刻的故事，改寫重述，說給後來的小讀者聽，讓雋永、有趣的故事，透過不同世代、透過新的語言與感知，傳遞下去。

特約主編玫靜向數十位兒童文學作家發出邀請，共有四十位作家共襄盛舉，並各自提出幾個「最難忘的故事」。主編淘汰重複的選題，確定篇目之後，由作家將原本的故事提煉濃縮為短篇故事，以當代的語言進行改寫重述。這就是這一套《最難忘的故事》的誕生過程。

這應是臺灣首度進行「向不同世代的作家採集兒時故事」。首批採集結果，收集了一百一十一個故事，包括童話、寓言、神話、民間故事等多元類型，故事來源則涵蓋古今中外的兒童文學名著、未經書寫的口傳故事……。主編精心編輯，將一百一十一個故事分為四集，每集二十七至二十八個故事，篇篇搭配全彩插圖，讓兒童閱讀文字的同時，也閱讀豐富的圖像，豐富視覺、激發想像。

為什麼將故事篇幅設定為八百字呢？這是考量兒童聽說讀寫的時間、速度、能力，特地做的安排。八百字的短篇故事，適合兒童隨時隨地利用零碎時間閱讀，只要短短幾分鐘，便能充分享受一則故事的樂趣。八百字故事，也適合做為親子共讀的床邊故事，慢慢講述，口讀時間約是五分鐘。題材多元的短篇故事，同時也是校園晨讀、課堂「迷你閱讀」、說故事與朗讀練習的好素材。由於同一集所收錄的故事類型、題材、來源，具高度異質性與多樣性，小讀者手持一書，便得以穿越時空、出入古今，這種閱讀體驗，相對於閱讀一本單一主題的書，更富於變化也更新鮮有趣。

世上應該沒有不愛聽故事的孩子。但願我們都能像《一千零一夜》裡的莎赫札德，面對「再說一個故事好不好」的要求，總有說不完的故事。《最難忘的故事》請來臺灣最傑出、知名的兒童文學作家，為孩子們獻上一百一十一個精采的故事。這，只是字畝文化推出臺灣版「莎赫札德」說故事的開始喔……。

目錄

小獵犬

故事採集．改寫／傅林統

故事來源／《聊齋誌異》

從前有位書生，為了找個清靜的地方讀書，獨自來到一座荒廢的寺院居住。雖然這裡遠離塵囂，卻蚊蠅嗡嗡飛，臭蟲、跳蚤爬來爬去，使得他整夜難以入眠。

一天，書生坐臥在床上休息。昏暗中，他看見一個小小的武士從門縫擠了進來。武士頭上插著羽毛，身高只有兩寸，騎著一匹螞蟻般的小馬，手臂上套著指揮獵鷹時使用的皮革；一會兒，真有一隻像蒼蠅般大小的獵鷹飛進來，在室內盤旋飛舞，武士也騎著馬快速來回奔馳。

書生很驚奇的凝視著。不久，又進來一個人，他的裝束和先前的武士一模一樣，只是腰間插著弓箭，還牽著一隻小獵犬。

緊接著，又有無數的小士兵進來，有的步行，有的騎馬，熙熙攘攘大約有好幾百人，獵鷹和獵犬也各有好幾百隻。小獵鷹們對準寺院裡的蚊、蠅敏捷撲殺，而小獵犬們則爬到床上、書生的身上，不停的嗅找臭蟲和跳蚤來咬殺。很快的，獵物全被趕盡殺絕。

書生繼續假裝睡著，偶爾睜開眼睛，發現獵鷹正停在他的身上，獵犬也在他身上來回奔馳著。

過了一會兒，一個頭戴王冠，身穿黃袍的國王進來。他威嚴的登

上另一張床，所有的人都下了馬，排成整齊的隊伍，恭敬的獻出獵物。國王對著大家說話，只是聲音太小了，書生一點兒都聽不清楚。國王一說完話，便坐上金黃的轎子；衛侍也紛紛上馬，整個隊伍忽然萬馬奔騰，就像滿地的豆子在地上不停滾動。一下子，士兵們全都消失了，一切又恢復原先的寧靜。

「太驚奇了！」書生怎麼也想不出那些兵馬到底從哪裡來？又消失到哪裡去了？他悄悄開門查看，周遭卻是那麼的安靜，看不出任何蛛絲馬跡。他又轉身查看屋裡，仍然空蕩蕩毫無異狀。

不過，再仔細一看，牆壁的磚頭

上竟然留下了一隻小獵犬。可能是沒趕上大隊人馬撤離吧！書生小心翼翼的把牠捉下來，放在硯臺觀察。好可愛的小狗，脖子上還戴著一個脖環呢！書生餵牠吃飯粒，牠卻聞也不聞；不吃飯的小獵犬會自己跳上床，或者鑽進衣縫，尋找臭蟲和跳蚤，飽食一番，才回到硯臺休息。

夜晚，書生心想：「夜深人靜，小獵犬可能會乘機逃回去

吧！也好，雖然捨不得，總比牠感到孤獨寂寞好！」

天亮了，小獵犬卻仍然乖乖的盤伏在硯盒子裡。從此，小獵犬和書生很親近，牠每天都在床上走動或休息，一旦發現臭蟲、跳蚤，立即撲殺，使書生有了舒適的起居環境。

書生愈來愈喜愛小獵犬，心想：「就算有人要用價值連城的條件換取小獵犬，我也絕不會心動。」

有一天，書生躺在床上歇息，逐漸陷入睡夢中；他無意識的翻身，忽然覺得似乎壓到什麼東西了，立刻驚覺可能是小獵犬，慌忙跳起來。真的是小獵犬被壓到了！小小獵犬怎麼承受得起這樣的重壓呢？書生傷心欲絕的捧著變成紙片般的小獵犬，淚水不住的掉落。

難忘心情

兒時，驚奇的發現《聊齋誌異》裡充滿了許多奇幻的故事，這則〈小獵犬〉故事是那樣的奇幻，就像是東方版的「小矮人」和「小精靈」故事，整個故事讓人感受如此真實……。

說故事的人

傅林統，桃園人，擔任國小教職工作四十六年。一向喜歡給兒童說故事、寫故事、帶領閱讀，學生和家長暱稱他「愛說故事的校長」。退休後，為桃園地方培訓「說故事媽媽」和「兒童閱讀帶領人」，並示範說故事技巧，升級為「愛說故事的爺爺」。

著有《傅林統童話》、《偵探班出擊》、《神風機場》、《田家兒女》、《真的！假的？魔法國》、《兒童文學的思想與技巧》、《兒童文學風向儀》等作品。

龍宮寶盒

故事採集．改寫／曹俊彥
故事來源／日本民間故事

太郎是個漁夫，有一天回家的路上，看見幾個小孩，故意讓一隻海龜四腳朝天，只為了看牠拼命掙扎的痛苦模樣。小孩子們唱歌嘲笑牠：「背鍋鍋，不煮飯，當陀螺，不會轉。笨龜，笨龜，怎麼辦？」接著又把牠當陀螺旋轉，或拿棍子戳牠，拿石頭砸牠。

太郎過去阻止。一個小孩說：「這是我們捉到的，愛怎麼玩，你管不著！」太郎只好掏出賣魚賺來的錢，請孩子們把海龜賣給他。

他抱著海龜來到海邊，輕輕的放進海裡，看著海龜游得很遠很遠，才放心的回家了。

因為買海龜花費不少錢，第二天，太郎起了大早到海邊準備工作。

他看見遠遠的海上，出現了一個小黑點，隨著波浪漸漸的朝著他游來，原來是一隻比昨天那隻大很多的海龜。

天色還矇矓，太郎想湊近看清楚時，大海龜竟然開口說話了。牠說龍王很感謝太郎救了小海龜，邀請他到龍宮作客，請太郎坐到牠那寬大舒適的龜背上。

剛開始，太郎有點害怕，沒想到，他進入海裡後，一點也沒有不舒服的感覺，海龜也很平穩的前進，周遭全是以前不曾見過的景緻。五顏六色的海草森林間，穿梭著閃著亮光的魚群，沿途還有海龜來打

招呼呢！

龍宮是用珊瑚和形形色色的貝殼蓋成的，閃爍著特殊的光芒。太郎被安排和龍王以及幾位美麗的公主坐在一起。席間，水晶的杯盤裝滿不知名的飲品，食物在空中漂浮著，愛吃什麼都可以自由取用，樣樣都好吃極了！

表演節目一場接著一場——章魚的特技令人目不暇給，海鰻的穿梭舞也巧妙到令人擔心牠們會不會打結；鯛魚和小丑魚，演出美麗的排列隊伍變化；小海龜們也出場表演，牠們竟然全部以四腳朝天的仰泳姿勢演出芙蓉開花。

雖然節目和食物都精采萬分，但是太郎心中惦記著家人，估算著該是傍晚了，便起身向龍王致謝告辭。

龍王留不住太郎，便送他一些珊瑚、珍珠，和其他海裡才有的寶物；臨別前，又送他一個雕刻精美的盒子，並叮嚀：最好永遠不要打開。

於是，老海龜送太郎回家。

一樣的海灘，一樣的岩石和海浪，可是樹木好像長高了？房屋好

像也變得比較舊了？太郎回到家，有一位老婆婆從家裡走出來，她盯著太郎看了很久，說：「你好像大哥！」太郎盯著她看了好久好久，才說：「你是妹妹？媽媽呢？」原來龍宮的一天，是人間的幾十年，年邁的老母早已經過世，妹妹也變老了。只有太郎還是一副年輕的模樣，真是奇怪！

太郎把帶回來的寶物，全部分送給親朋好友和需要救濟的窮人。只留下那個神祕的盒子。可是，很多親友聽了太郎遊龍宮的故事後，好想知道盒子裡到底裝著什麼，總是催太郎把盒子打開。

一天，太郎抵擋不住大家的要求，打開了神祕的寶盒——盒子冒出一縷清煙，裡面什麼也沒有。但是，太郎就在大家的眼前，一瞬間變得好老，好老。

難忘心情

小時候聽這個故事，印象最深刻的是冒出青煙的寶盒。記憶中，這是幼稚園時，老師以「紙芝居」演給我們聽的，因為日本也有這個故事的童謠，所以印象很深刻。這個版本是憑我的記憶重新描述的，許多細節也是自己杜撰，不一定是故事的原型。太郎的全名就叫「浦島太郎」。

說故事的人

曹俊彥，臺北師範藝術科／臺中師專畢業。曾任小學教師、臺灣省教育廳兒童讀物輯小組美術編輯、出版社總編輯。出版作品一百多本，曾榮獲臺灣省教育廳金書獎、金鼎獎、中國畫學會金爵獎、中華兒童文學獎（美術類）等。

一生與彩筆為伍，為小朋友畫畫，以小朋友的快樂為快樂。最喜歡用黑和白作畫，但是不敢黑白畫！

美麗的歐敏

故事採集・改寫／劉伯樂

故事來源／臺灣原住民口傳故事

從前，位於深山裡與世隔絕的泰雅族部落，生活上食衣住行都能夠自給自足，只是缺少精緻的現代化工具。尤其是可以讓婦女手工更加精緻的縫衣針，更被當做寶貝般看待。

有一個奸詐的商人，他自以為了解部落的需要，常常往來於山地部落和文明城市之間做買賣。這一天，他推了一部空車，身上只帶了一包縫衣針，要到部落裡去交換物品。

他先用一根針換了一窩母雞和小雞。

再用一根針換了兩袋百香果。

再用一根針換了一大袋的乾香菇。

再用一根針換了一大簍乾木耳。

再用一根針換了三大袋的愛玉子。

剩下的縫衣針，不知道要換什麼比較划得來。

想啊想……，他看到了頭目美麗的女兒歐敏，於是，也想用一根縫衣針換歐敏回去當他的新娘子。

歐敏是一個聰明又美麗的姑娘。她也知道縫衣針是部落婦女最需要的用品。

「想要我當你的新娘，只用一根針是不夠的。」歐敏說：「必須用你原來的一整包縫衣針來換歐敏。」

「一包縫衣針就可以換來一個美麗的新娘？」

二十根縫衣針在平地只價值十元。

「花十元就可以換一個新娘，真是太划得來了！」商人暗暗偷笑。

於是奸詐的商人一口答應，並且退還所有已經交換的物品，收集一整包縫衣針。

「跟我回去吧！」商人給歐敏一包縫衣針。

「不過，請你等一下！」歐敏說：「我必須用你的針，完成一件最重要的事，做好以後，我就是你的新娘了！」

歐敏把所有的縫衣針分給其他的婦女族人，自己留下一根，用這

根縫衣針在臉上刺滿了花紋，並且塗上黑色的顏料。「黥面」是泰雅族傳統的文化習俗，出嫁的婦女必須用針和墨在臉頰刺上花紋。「黥面」也是婦女聰明、能幹的象徵。

「現在，我是你的新娘了。」歐敏說：「請帶我回去吧！」

商人看到臉上刺滿青色花紋的歐敏，嚇得拔腿就跑，連推車和縫衣針都不要了。歐敏和族人哈哈大笑，大家都覺得臉上有花紋的歐敏不但更美麗，也更有智慧。

難忘心情

小時候，我住的村子裡有日本醫師、瑞典牧師、說國語的老師和警察，有說泰雅族語的原住民，有閩南人、客家人，還有一群來自中國各省的軍人。日本人吃飯糰配味噌湯，瑞典人吃麵包喝牛奶，泰雅族人吃小米、甘薯喝米酒，軍人吃饅頭配豆漿，我們吃稀飯配醬瓜。不到百戶人家的小村，竟也是一個文化大熔爐。

我了解不同族群有不同的生活方式，但當我看見紋面的泰雅族人，還是嚇得躲起來。後來才知道，只有英勇男子和懂得織布技巧的女子，才可以在臉頰刺青，這是泰雅族人的傳統習俗。

這個故事說的不是美、醜的價值，而是要懂得尊重不同族群的文化。

說故事的人

劉伯樂，學齡前住在偏遠山區，曾經看見溪魚逆水而上，也砍倒過一棵山櫻花，母親為了他的學業，「三遷」到平地，成長過程和偉人一樣平凡又自然。

文化大學美術系畢業，畫作獲「全國油畫大展」特優獎。隨後進入教育廳兒童讀物出版部擔任美術編輯，並從事插畫工作，插畫作品入選歐洲插畫大展。出版作品曾經獲得：時報開卷好書、讀書人年度好書、中華兒童文學獎、楊喚兒童文學獎、豐子愷圖畫書獎。

林投姐

故事採集・改寫／陶樂蒂
故事來源／臺灣民間故事

冬月第一陣寒風吹起，寂靜沁涼的夜裡，紛鬧的蟲鳴聲靜了下來，只剩下更伕巡夜的打更聲，還有賣肉粽孤寂的叫賣聲。

「肉粽，賣燒的肉粽——好吃的肉粽……」肉粽伯擔著扁擔，沿街叫賣著。

也許是天氣初涼，今晚的生意特別好，村子還沒走透，肉粽就賣得差不多了；就在村尾的銀光巷旁，肉粽伯看到一個婦人似乎在跟他招手。他趕緊快步前去，沒想到那婦人倏地轉身，似乎要離去，肉粽伯趕緊叫住她。

婦人止住腳步，回頭怯生生的說：「我想要買給我的孩子吃，不過，我的錢可能不夠……。」

肉粽伯見這婦人極為蒼白乾瘦，想到今晚的好生意，於是大發善心的將最後兩顆粽子全都送給了婦人。婦人低頭千謝萬謝，一轉身就消失在夜色中。肉粽伯沒多想，開心的擔著空扁擔回家。

又隔了兩天的夜裡，肉粽伯照舊在村裡叫賣肉粽，再次走到銀光巷，婦人又等在那裡。

「阿伯，那日多謝你的肉粽，我的孩子說很好吃，今天我有錢可以買一顆。」

肉粽伯接過婦人的銀錢，包了兩顆熱騰騰的肉粽給婦人，婦人雖有推辭，最後滿懷感激的收下，消失在黑暗中。肉粽伯繼續挨家挨戶叫賣。

第二天白天，肉粽伯按往常習慣記帳，發現昨晚收得的銀錢裡，竟然有幾張銀紙。他覺得很奇怪，但想不出為什麼。就這樣又過了幾天，肉粽伯驚訝的發現，如果他前一夜有遇見婦人，隔天算帳就會有銀紙出現；他決定弄清楚，為什麼婦人要這樣捉弄他。

當晚，月色昏暗又有些霧氣，肉粽伯走到銀光巷時，婦人果然又等在那裡。今天她要買兩顆肉粽。肉粽伯包好粽子，接過婦人給的銀錢，定睛一看，並沒有什麼異樣。他想，一定是自己弄錯了，胡亂懷疑人；正當他這樣想時，婦人又倏地消失了。

他忍不住好奇心，往婦人消失的方向尾隨過去到了村外。

肉粽伯快步走著，這時一陣夜風吹來，月亮探出頭來了，路上沒有人跡，只有前方昏暗的林投樹叢。快靠近林投樹叢時，傳來了貓似的嚶嚶哭泣聲，肉粽伯彷彿見到婦人穿入林投樹叢的身影；他揉揉眼睛，背脊傳來一陣寒意……他快步回頭，一路氣喘吁吁的奔跑，直到關上家裡的大門才敢停下來。

肉粽伯大病了一場，臥床多日後，總算可以下床。他清點那天的銀錢，發現銀紙果然又混雜在其中。他害怕得全身顫抖，眾人都認為該請位仙姑或道士幫他作法收驚，但肉粽伯婉謝了。

他準備了祭拜的物品，趁著天光，來到村外的林投樹叢附近祭拜，祈求亡靈別再找上他。那天晚上，多位村民夢見婦人說她有冤屈，因為家產被壞人騙光，變得窮困潦倒，最後不得不扼死幼子，自縊在林投樹上……她的靈魂得不到安息，祈求有人幫她超渡。於是，鄰里間合力為婦人舉行了超渡法會，還蓋了一間小祠堂供奉她，稱她為「林投姐」。

肉粽伯的生意愈做愈興盛，終於在大街上開了店舖，從此不再需要在淒冷的寒夜裡沿街叫賣。

難忘心情

聽過各種版本的〈林投姐〉，有的著重在她的感情遭背叛，有的著重在母性的偉大，有的就是鬼故事，不管哪一個版本，都在我的童年裡烙下深刻的記憶。隨著自己年齡增長，對於林投姐的憐惜漸漸多過害怕，因此重新詮釋她的故事時，我選擇了比較溫暖的角度來寫。它讓我想起阿萬紀美子與岩崎知弘的《おにたのぼうし》（鬼太的帽子），裡面有一句話：「就算是鬼，也有各式各樣的。就算是鬼……」鬼太沒說完的那句話，我想是：也有好的鬼呀……。

說故事的人

陶樂蒂，法律學碩士，喜歡畫圖而投入創作，加入成為「圖畫書俱樂部」一員，開始繪本創作生涯。曾獲陳國政兒童文學獎圖畫書類首獎，及信誼幼兒文學獎佳作獎。

創作風格明亮、溫柔，喜歡使用大塊面繽紛的色彩。作品有《我要勇敢》、《誕生樹》、《媽媽打勾勾》、《花狗》、《我沒有哭》、《睡覺囉》、《給我咬一口》、《給你咬一口》等。

開花爺爺

故事採集・改寫／鄒敦怜

故事來源／日本民間故事

從前從前，在日本的關西。有兩個老爺爺，一個是好老爺爺，一個是壞老爺爺。好爺爺什麼都好，對人很有禮貌、說話很客氣、喜歡小動物、每天都很認真的上山工作。壞爺爺什麼都壞，每天都很懶惰，總是凶巴巴的，非常小氣，還會欺負小動物。

有一天，壞爺爺把一隻小狗綁在樹旁，用「竹筱仔」（細竹枝）打那隻小狗。好爺爺看了很不忍心，把自己籃子裡的地瓜、青菜，通通送給壞爺爺，換來那隻小狗。好爺爺把小狗取名叫做「庫尼」。

庫尼每天陪著好爺爺上山，有一天，庫尼走到一個地方就不肯走，對著地面汪汪叫，還用爪子扒地。好爺爺覺得很奇怪，好奇的往下挖，竟然挖到很多金塊，好爺爺變得很有錢。壞爺爺知道了，跑到好爺爺家要借小狗，好爺爺答應了。壞爺爺帶小狗到山上，小狗也停在一個地方汪汪叫，壞爺爺開心的往下挖，以為也會挖到金塊，沒想到卻挖到蛇、蜈蚣，還有很多石頭。壞爺爺一生氣，就把小狗殺死。

好爺爺很傷心，他把小狗埋在土裡，第二天，埋小狗的地方長出了一棵大樹。好爺爺把大樹做成一套杵和臼，用杵和臼擣「粢粑」（麻糬），沒想到粢粑都變成金塊。壞爺爺知道了，趁著晚上把杵和臼偷走，他也把最好的米放進裡頭做粢粑。沒想到不但沒出現金塊，放進

去的米，立刻臭掉不能吃。壞爺爺一生氣，就把臼燒掉了。

好爺爺很傷心，他把臼燒成的的灰帶回家，想灑在埋小狗庫尼的樹旁邊。那時候是冬天，到處冰天雪地，好爺爺手中握著一把灰，用力一灑——風一吹，滿天的灰飛到樹上，哇！光禿禿的樹開滿了櫻花，美得像春天到了！

好爺爺覺得很

驚奇。他帶著灰到街上，一邊灑一邊說：「開花了！開花了！」到處都開滿了漂亮的花，大家都好開心。這時候，國王剛好經過，看到好爺爺這麼厲害，賞了他很多黃金。

壞爺爺知道了，也想得到黃金，第二天，他把剩下的灰收集起來，帶到街上也大聲的喊：「開花了！開花了！」國王聽見了，請壞爺爺幫忙灑灰。壞爺爺一灑，風一吹，灰飛得滿天都是。沒有半朵花開，反而是大家的眼睛都被灰弄得好痛啊！

國王非常生氣，把壞爺爺關起來，直到現在，壞爺爺還沒被放出來呢！

難忘心情

雖然外公只會說〈開花爺爺〉這個故事，但我們還是百聽不厭。

這個故事完全是「好心有好報」，大快人心的情節。外公說這個故事時，是用客家話緩緩的說著，並且在裡面融入我們熟悉的元素：家裡的小狗庫尼、客家美食的粢粑（麻薯）、竹筱仔（細竹枝）……更好玩的是他會一邊說一邊演，當故事說到「開花了！開花了！」我們眼前就彷彿有那片花海。

這已經是四十幾年前的事情了，現在外公已經九十五歲，我也是現在才知道，那個「庫尼」應該是日語くに（國家）的意思。

說故事的人

鄒敦怜，當了很多年的老師，寫了幾十本書，得過幾個文學獎。

從小就喜歡嘗試新鮮事物，喜歡問問題，更喜歡纏著家人說故事。每次聽過故事之後，對每個故事又會產生許許多多的疑問。長大之後，變成一個喜歡說故事的老師，開始寫下一個個有趣的故事；在創作中得到很大的快樂，希望美好有趣的故事，成為大家共同的記憶。

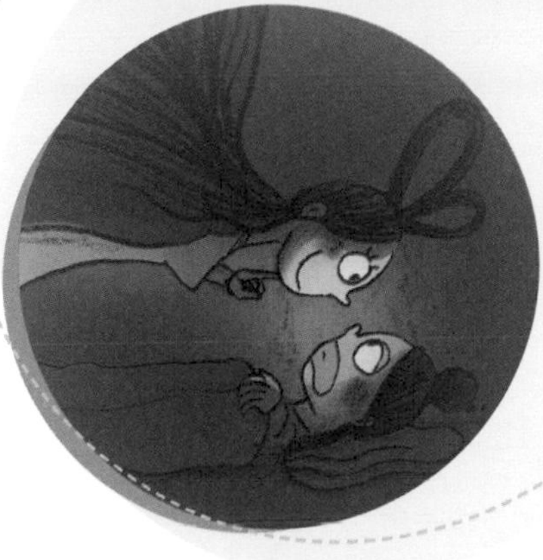

倩女幽魂

故事採集．改寫／桂文亞

故事來源／《聊齋誌異》

寧采臣是一位君子，有一年，外出辦事，為了省錢，便落腳在一座亂草長得很高的老寺裡。傍晚，來了一個書生，名叫燕赤霞，兩人聊得很是投緣。

夜半時分，窗外明月皎潔，清光如水，寧采臣正朦朧入睡，忽然覺得屋內有人，嚇得連忙起身。

「這樣美好的月色，一個人實在睡不著啊！」仔細一看，竟是一位年輕貌美的女子，正對著他嫵媚的嬌笑、招手。

「孤男寡女處在一室，成何體統！快走！」他大聲喝斥，不假辭色。那女子又拿出一錠黃金，放上被褥。寧采臣拿起金塊就扔到門外，「我不要這不義之財！滾！」女子知難而退。

第二天，來了一個書生，帶著僕人，也投宿這免費寺廟，沒想到，連著兩晚分別離奇死亡。他們的腳心，都有一個小孔，血從小孔中一絲絲流出……。

第四天夜裡，女子又來了。她對寧采臣說：「我閱人無數，卻很少有你這樣剛直的，實在拜服！我叫聶小倩，死於十八歲，葬在寺廟旁，如今被妖怪控制，專門供人血給妖怪飲用，或是誘以財貨，取人心肝。女色和金錢，都是一般人喜歡的。」

寧采臣知道了很害怕，便求女鬼幫他，小倩教他去找燕赤霞。原來，燕赤霞是一名劍客，在他的箱籠裡，有一把放在袋子裡，可以捉妖的透光小劍！

小倩又說：「讓我脫離苦海吧，請將我的屍骨帶回家鄉安

葬，恩同再造哇！」

寧采臣依循著聶小倩的指引，果然得到燕赤霞的救助。而在寺北的荒墳堆，一株白楊上有一個鳥巢的地方，也找到了聶小倩的葬身之地，便依諾言掘出屍骨，帶回家鄉，在書房前做了一個新墳，親自祭奠。

為了回報這份恩情，聶小倩每天都來服侍寧采臣的老母親，盡心盡力的倒茶、洗衣和做飯，儘管老人家知道她的來歷，但慢慢的也很喜歡她了。一直到寧采臣生病的妻子過世，在婆婆的接納下，小倩嫁給了救命恩人。

一天，小倩要采臣取出那個藏著的小袋掛在床頭，說是金華的妖怪又追蹤而至！這次，捉妖袋再次發揮了神通，把夜叉吸進袋子裡，變成清水數斗。

數年後，寧采臣考中進士，孤魂野鬼的小倩也終於修成正果，還為寧采臣生下一個兒子呢！

難忘心情

我小時候膽子很大，不怕鬼。記得爸爸書架上有一本《聊齋誌異》，有一天無意翻著了，就亂看亂看、似懂非懂的讀了起來。可想而知，我覺得非常「新鮮刺激」，這本文言古書已經翻譯成了白話文，很容易讀，看得很過癮，都忘了做功課！其中一篇〈聶小倩〉，除了讓人聯想起吸血鬼，還想到〈白蛇傳〉，這些人鬼戀的故事實在太浪漫了！

說故事的人

桂文亞，兒童文學作家，曾任教職、《聯合報》記者、副刊編輯、《民生報》兒童組主任、童書主編、《兒童天地週刊》總編輯、聯合報童書出版部總編輯等職。現為「思想貓」兒童文學研究室負責人、浙江師範大學兒童文化研究院講座教授。

出版成人及兒童文學創作五十餘冊、編輯童書近四百五十冊。得獎紀錄：信誼兒童文學特別貢獻獎、宋慶齡兒童文學獎、好書大家讀年度最佳少年兒童讀物獎、中華兒童文學獎及世新大學十大傑出校友等獎。

水鬼變城隍

故事採集・改寫／林武憲

故事來源／臺灣民間故事

臺灣中部有一條溪，溪邊一戶人家，家裡只有中年的漁夫和他媽媽，漁夫每天靠捕魚過日子，他有個嗜好，喜歡晚飯後喝些米酒，常常喝兩杯後，就倒些酒進溪裡，小聲的說：「水裡的好兄弟呀，你也喝幾口吧。」

一天傍晚，他正在喝酒，忽然感到背後有點涼意，回頭一看，看見一個臉色蒼白、瘦瘦長長的身影飄過來，像傳說中的水鬼，還對他說：「好兄弟，我來了。」漁夫趕快請水鬼坐下來喝酒，一邊喝酒，一邊聊天。天快亮的時候，水鬼說：「這幾年來，常常讓你請客，明天起，讓我盡點心意，幫點小忙。」

第二天，漁夫走到溪邊，說：「好兄弟，我來了。」水鬼幫忙把魚、蝦趕進網裡，讓漁夫有較多的收穫，工作也輕鬆多了。

水鬼每天來跟漁夫喝酒、聊天，愈談愈投機，變成好朋友，更結拜為兄弟。

水鬼說，水裡的日子很難受，如果找到人當替身，可以投胎轉世，重新做人。他要當人，不要做鬼。漁夫也希望水鬼朋友能早日做人。

有一天，喝酒的時候，水鬼告訴漁夫，明天有一個到溪邊洗衣服的婦人會淹死。第二天，漁夫忍不住救了婦人，並且幫婦人撿回被水沖走的籃子，婦人平安回家了。

那天晚上，漁夫向水鬼道歉，並敬酒陪罪，水鬼只好原諒他了。

過了三年，水鬼又說，明天有一個跟丈夫吵架的婦人，會來跳水自殺，他拜託漁夫，這次別再壞了他的好事。第二天，漁夫看見年輕的婦人邊哭邊走入水裡，手還扶著鼓起的肚子——原來她懷孕了；漁夫忍不住又上前安慰，勸她回家。

那天晚上，漁夫又跟水鬼說對不起。

又等了三年，水鬼告訴漁夫：「我的機會又來了，就是明天……。」漁夫連忙搖手說：「好了，不要再說了，免得我又破壞了你的大事。」

第二天，漁夫忍住不到河邊去。直到晚上，他鬆了一口氣，心想水鬼一定找到替身了。

一個月後，漁夫做了一個夢，夢見水鬼穿著官服說：「那天，我把那個年輕人接住了，看他才十幾歲，長得很清秀，不忍心害死他。玉皇大帝看我寧可自己受苦，也不害人，決定派我去當城隍爺，負責賞善罰惡。明天，我就要上任了，是城裡的一座新廟，我是來辭行的，以後我們就不能在一起喝酒了。」

第二天，漁夫進城，真的找到那座新廟，看看神像，就跟水鬼的相貌一樣，他有說不出的開心，水鬼朋友變城隍，真好。

難忘心情

這個故事，令人喜愛的原因是，這個水鬼很特別，他本來要找人來做他的「替死鬼」，好投胎做人，卻因為跟好心腸的漁夫做朋友，使他一直無法如願。但也因為好朋友的影響，使他也不忍害人。結果呢？雖然當不成人，卻變成神。除了故事情節動人以外，也讓我思考了交友、為人設想等等的事情。

說故事的人

林武憲，彰化伸港人，彰中、嘉義師範畢業。致力於詩歌創作、文學評論和語文教育研究。編著有《無限的天空》等一百多冊，有些作品譯成英、日、韓、德、西班牙、土耳其文，有國內外作曲家譜曲；也編入臺灣、香港、新加坡、中國大陸的各級教材和《美洲華語》。

杜子春

故事採集・改寫／施養慧
故事來源／中國民間故事

從前，有個叫杜子春的人，終日在長安街上，對著天空長吁短嘆。

「為什麼嘆氣呀？」一個老人問他。

「唉！我本來家財萬貫，現在竟然流落街頭，怎麼能不感嘆哪！」

「你還年輕，應該給你機會，這樣吧！我給你三百萬兩，拿去好好過日子吧！」

杜子春喜出望外，拿了老人的錢準備東山再起，但奢華成性的他，很快就把錢花光了。兩年後，他跟老人不期而遇，老人再度給了他一筆錢，而且老人這次出手更大方，杜子春感激涕零。不過，三年後，他依然兩手空空的回到街上。

「喂！跑哪兒去？」老人攔下滿臉羞慚的杜子春說：「這筆錢給你，你再去試試看吧！」

杜子春抬起頭說：「我不知道你為什麼三番兩次的幫我，但我再不改變，就枉稱為人了。這次，我不但要成就一番事業，還要幫助貧苦的人。」

「希望你改頭換面，等你成功後，明年中元節到老君廟前跟我相會。」

杜子春果然說到做到，一年後準時赴約。

老人帶著杜子春登上華山，來到一處清幽的道觀。

他讓杜子春服下三顆白石丸與一杯酒，說：「好好坐在這裡，無論發生什麼事情，千萬別開口。」

老人離開後，屋裡突然湧進千軍萬馬，有個披著金鎧、持著寶劍的巨人，大聲的斥喝：「你是誰？見到本將軍都不迴避？」

「殺了他！殺了他！」一旁的士兵鼓譟著。

杜子春謹遵老人教誨，千軍萬馬終於散去；緊接著來了毒蛇猛獸，也都在杜子春的沉默下退去。

接著出現的竟然是杜子春的妻子，她被一群鬼怪抓著哭嚎：「你落魄的時候，我都不離不棄，現在只要你開口求情，你卻眼睜睜的看

著我受苦。」

杜子春還是咬牙忍住了。

「這傢伙不是人！」帶頭的鬼怪說：「讓他下地獄去吧！」杜子春在地獄受盡折磨，依然抵死不從，閻王只好說：「使出最後一招吧！」杜子春變成一個三歲孩子的娘，無論孩子怎麼叫她，她都不回應，她的丈夫一氣之下，竟把孩子往牆上扔……。

「住手！」杜子春這麼一叫，又回到道觀裡，老人搖著頭說：「可惜啊！差一點你就成仙了，我的丹藥也練成了。唉！你走吧！」

杜子春從此再也沒有見過那個老人了。

難忘心情

小時候看到這故事，覺得成仙的考驗實在太嚴苛了，不但要有泰山崩於前，面不改色的勇氣；還要有鐵石心腸，看著妻兒受苦。還好，杜子春最後失敗了，否則，我絕不原諒他。

「腳踏實地的做人」，是看完這個故事給我的體悟。

說故事的人

施養慧，臺東大學兒童文學研究所畢業。致力於童話創作，因為童話是最浪漫的一種文類，不僅讓凡人上山下海，也讓人間成了有情世界。曾獲臺東大學兒童文學獎，已出版《傑克，這真是太神奇了》、《好骨怪成妖記》、《338號養寵物》、《小青》等書。

她覺得，兒童是國家的希望，也是最純真的人類，可以為他們寫作，是莫大的幸福與榮耀，希望一輩子寫下去。

陸判官

故事採集・改寫／鄭丞鈞

故事來源／《聊齋志異》

朱爾旦是位讀書人，可惜文章寫得不好，每次參加科舉考試都名落孫山。

朱爾旦有一個嗜好，就是喜歡喝酒。有一天，他喝醉酒，和朋友打賭：能把郊外城隍廟裡，長得最面目猙獰的陸判官神像背回來。朱爾旦藉著酒膽，真的做到了！朋友們還在驚嘆中，只見朱爾旦恭敬的為神像斟酒、道歉，還一臉鄭重的跟陸判官說：「如果改天有空，請來找我一起喝酒。」

沒想到，有一天半夜，陸判官真的來敲門，把朱爾旦嚇得半死。

不過，陸判官雖然長得凶惡，為人卻古道熱腸，朱爾旦與他把酒言歡後，還認陸判官為兄長。

又有一天半夜，陸判官提著一個包袱來朱爾旦家聊天。那天，朱爾旦因為太累，便先回房睡覺，沒想到，睡著睡著，他忽然覺得胸口有些痛痛的，睜眼一瞧，居然見到一把亮晃晃的刀子在面前，刀上還滴著鮮血！拿刀子的人就是陸判官，他在為朱爾旦開腸剖肚！

朱爾旦驚駭的問：「陸大哥，我哪裡得罪你了，為什麼要殺害我？」

陸判官卻一臉輕鬆的說：「我是來幫你的。」他解釋，朱爾旦文章寫得不好，是因為心還未開竅，今天剛好遇上一顆已開竅的心，所以趕緊過來幫他替換。

果然，心換過之後，朱爾旦文思泉湧，寫起文章來如行雲流水，當年就中舉人。朱爾旦很感謝陸大哥，又鼓起勇氣請陸大哥幫他一個忙，他

說：「我太太人很賢慧，唯一的缺點就是長得不好看，能不能請陸大哥想想辦法？」

陸判官一口就答應。過了幾天，又是半夜時分，陸判官又提一個包袱來敲朱爾旦的家門。這次，陸大哥要動的手術，是替朱爾旦的太太換一張漂亮的臉蛋。

換完臉蛋後，朱爾旦和他太太都很滿意，但這張漂亮的臉蛋從哪來的呢？

沒想到，這竟然是一件兇殺案，朱爾旦因此被關進大牢。不過，幸好陸判官又趕來幫忙，讓朱爾旦化險為夷。

幾年後，陸判官突然告訴朱爾旦：「你的陽壽已盡。」強調生死是天註定的，不能隨意改變。到了陸判官說的那天，朱爾旦就去世了。朱爾旦死後，陸判官還是很照顧他的家人，朱爾旦的孩子後來成為一位人人稱讚的好官。

難忘心情

小時候很喜歡看鬼故事、聽鬼故事，也買了好幾本鬼故事，這些故事的餘韻，總在我晚上躺上床時發揮到極致。

〈陸判官〉這個故事，我並不覺得可怕，小時候讀了之後所以念念不忘，是因為故事裡有光怪陸離的換心、換臉情節，太令人印象深刻。現在我跟小朋友講這個故事，每次講到陸判官換心、換臉時，他們並不感到可怕，因為換心手術已不稀奇，醫美整形換臉也很尋常。反而是班上的男生邊聽邊發出怪笑聲，好像他們才是最恐怖的小鬼。

說故事的人

鄭丞鈞，臺中東勢人。臺大歷史系畢業，臺東師院兒童文學研究所碩士。曾任兒童雜誌編輯，現為國小教師。作品曾獲臺灣省兒童文學獎、九歌現代少兒文學獎、牧笛獎等獎項；已出版《妹妹的新丁粄》、《帶著阿公走》等書。因為從小就喜歡看故事，激發了很多的想像，所以長大後很努力的寫故事給小朋友看。

盤古開天地

故事採集·改寫／子魚

故事來源／中國神話故事

在不知道多久以前，沒有天，沒有地，更別說太陽、月亮、高山、大海……什麼都沒有。整個世界像一團爛泥巴攪成一團，叫做「混沌」。

混沌很黑、很濕、很黏也很熱。混沌住著一個有龍的頭、蛇的尾巴，樣子非常奇怪的怪物，他的名字叫做「盤古」。

盤古在混沌裡面，以一天十米的速度長高。龍頭蛇身也在變化，變成人的樣子。他有時候翻個身，混沌就震動得很厲害。

時間大概過了一萬八千年，有一天，盤古忽然睜開眼睛。他醒了。

「怎麼這麼黑？」盤古大叫一聲，但他叫不出來。因為，混沌灌進他的嘴巴裡。

「呸！呸！好苦！」他想把混沌吐出來，但只要一張嘴，混沌又流進來。

盤古四處亂找，他找到一把大斧頭。他用力一劈，「喀啦！」混沌裂開一條縫；他用力再劈，「轟隆！」混沌被劈成兩半。

「哇！好亮啊！」盤古興奮的叫出來。

像泥巴一樣的混沌被盤古劈開之後，發生了變化。輕一點的混沌往上升，天空出現了；重一點的混沌往下降，大地出現了。

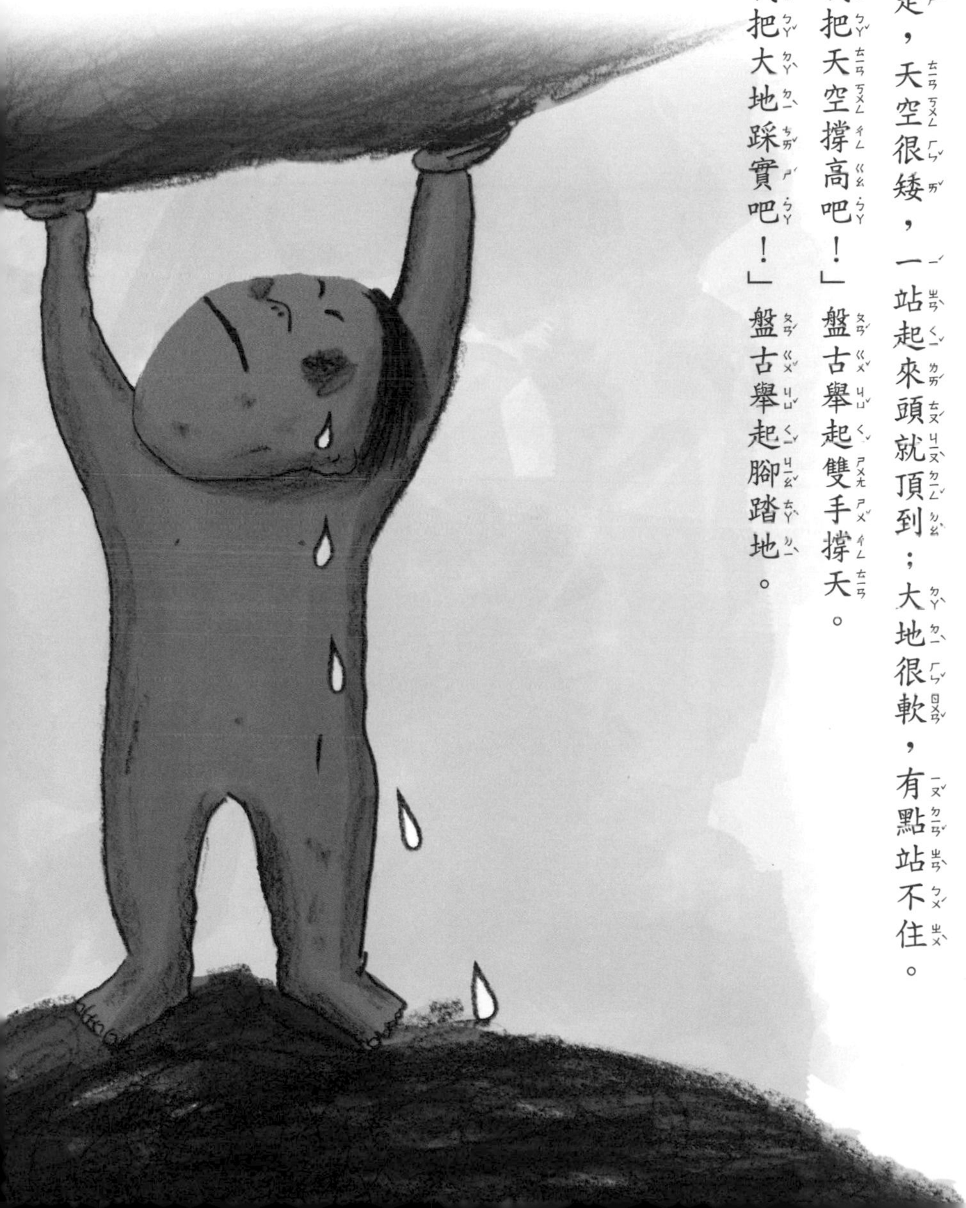

但是，天空很矮，一站起來頭就頂到；大地很軟，有點站不住。

「我把天空撐高吧！」盤古舉起雙手撐天。

「我把大地踩實吧！」盤古舉起腳踏地。

盤古撐天踏地又過了一萬八千年。天空已經撐得很高很高了；大地已經踏得很實很實了。

盤古像一根大柱子似的，撐在天地之間。他必須這麼做，他擔心一鬆手，天空塌下來，萬一和大地合在一起，要再分開就難了。

「好累呀！」不知道又撐了多少萬年，他感到非常疲勞，兩手

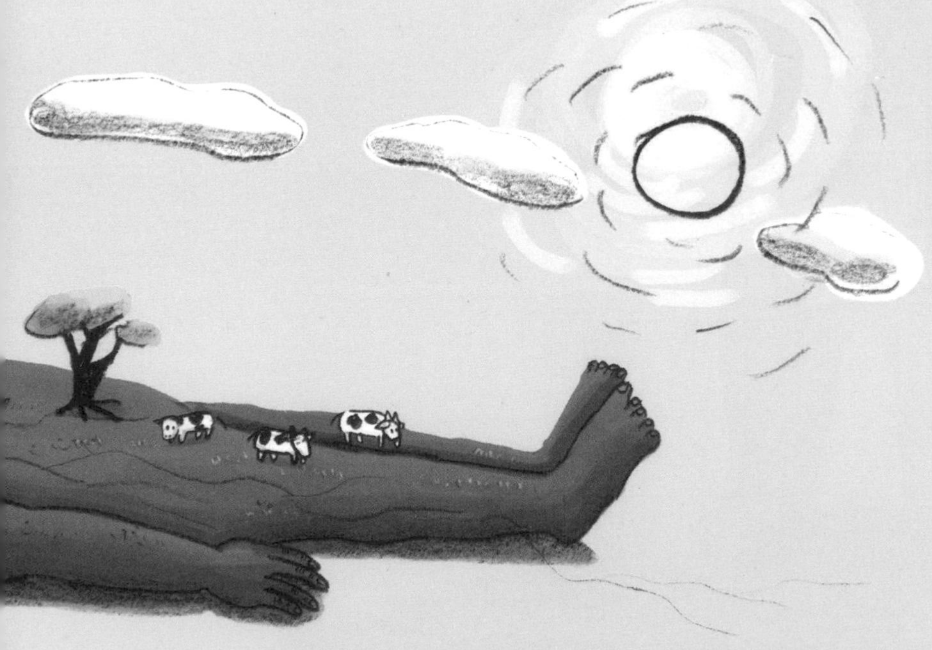

發麻，腰痠背疼，雙腿發抖，他很想休息。

他試著鬆開手，天空好端端的浮著。盤古確定天空和大地不會合在一起了，他才放心躺下來。

盤古累壞了。當他躺下的時候，就是他要死去的時候。

他不難過，只是覺得還有很多事情沒做完，有點捨不得：「這世界太單調了。我真想為它做點事，讓它豐富起來。但我就要死

去，該怎麼辦呢？」

他想到了。

盤古呼出的氣，化成風和雲；盤古發出的聲音，化成打雷聲。

他的左眼變成太陽；他的右眼變成月亮。

他身上的頭髮變成星星，鬍鬚變成樹木，汗毛變成花草。

他的骨頭變成大大小小的山嶺；他的血管變成長長短短的河川，血液變成河水與海洋。

世界不再像混沌時期那樣一灘泥巴似的，也不再是天空和大地剛分開時那樣空白、單調。盤古用自己的身體，不但讓世界變得很豐富，還變得很漂亮。

難忘心情

在我最愛提問的年紀，我已經忘記我究竟問了哪些問題，但我記得我問了天空是怎麼來？人地是怎麼來？媽媽的回答很簡單，她講了這個〈盤古開天地〉的故事。我聽了感到很新奇，原來盤古有一顆眼睛演變成太陽，一顆眼睛變成月亮。

說故事的人

子魚，本名孫藝玨，兒童文學作家。寫詩、寫童話和小說，愛講故事，愛閱讀，更愛運動。臺東大學兒童文學研究所碩士，天津師大比較文學博士。個性活潑開朗，喜歡跑步。曾經得過信誼幼兒文學獎等獎項，作品有《詩人，你好》、《在那一年的鬼怪》等書。

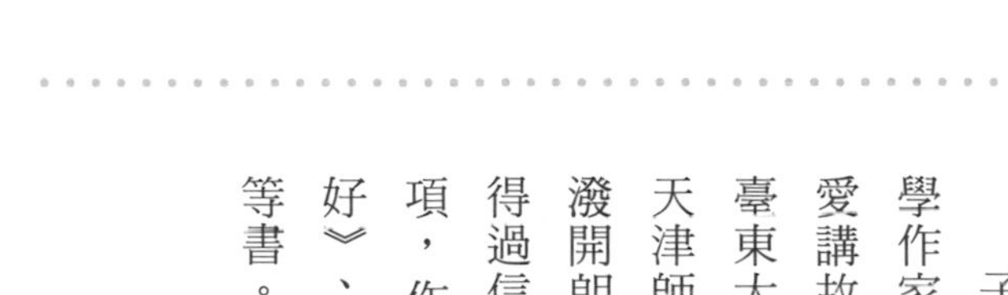

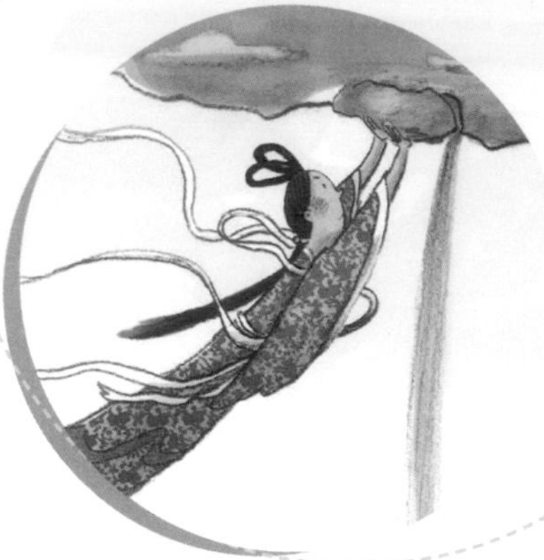

女媧補天

故事採集・改寫／陳郁如
故事來源／中國神話故事

女媧是一個創造生命的女神，她美麗聰慧，有人的上半身，蛇的下半身，她來到盤古開天闢地所創的這個世界，驚嘆這個世界美麗的山川星辰。

可是，這個世界沒有生命，實在太無趣了。她來到一條河邊，看到自己的倒影，決定用自己的形象製造生命。女媧用河水和了泥土，做成一個個泥人；她對著這些小泥人吹氣，這些泥人手動了起來，有

了生命。女媧非常開心！她做了一批又一批不同的小泥人，變成人類，讓這個世界更豐富。

崑崙山上住著掌管火的火神——祝融。祝融看到女媧製造出來的小人，自告奮勇的教這些小人使用火，從此人類懂得用火照明、煮食和取暖。人類對祝融非常的感激與尊敬，便世代供奉火神，但是，卻引起了水神——共工的嫉妒和不滿。

共工跑去找祝融麻煩，一言不合打了起來，鬧得天翻地覆。

後來，祝融打贏了，共工非常不服；怒氣沖沖的他，用頭撞向不周山。不周山是支撐天與地的大柱，不周山被撞斷了，天空的西北邊因此裂了一個大洞，地面也被扯出一個大缺口，洪水從天傾盆而下，淹死沖散許多人，烈火也從地口噴出，燒毀許多農作物。邪惡的地龍，趁機從裂開的地口竄出來，到處作亂吃人，死傷無數。人類的世界出現空前的災難。

女媧看著大地被破壞，看到她精心創造出來的人類被水沖走，被火吞噬，被巨龍吃掉，感到非常的心痛，決定補救這一切。她走遍大山河流、平原丘陵，終於找到五彩的石頭；她用烈火煉製，熔成岩漿，將天邊的大洞補起來。她找了神龜的四隻腳，將天地撐了起來。

女媧還趕走了地龍，把蘆草燒成灰，用灰燼和著泥土，補平了大地。世界又回復之前的和平。

只是西北邊的天空還是有點傾斜不平，所以日月星辰都是從西邊落下，而五彩的石頭則化成彩虹和晚霞，讓這個世界更美麗絢爛。

人們感念女媧造人和補天的事蹟，因此稱女媧為大地之母。後代的人更尊稱她為女媧娘娘，建立祠廟來紀念她。

難忘心情

這是我小時候，讀到的第一個以女生為主角的神話故事。它和當時聽說的西方神話很不同——亞當是第一個被創造的人類，而夏娃是亞當的一根肋骨造的。女媧自己就是女神，她創造萬物，開始人類的生命；並且在大地面臨毀滅時，挺身而出，找出解決的辦法，拯救這個世界。當時，以女生為英雄的神話故事很少，給小女孩的我帶來很大的震撼。

說故事的人

陳郁如，出生於臺北，中原大學化學系畢業後，到美國念藝術碩士，曾在臺灣、美國，舉辦過多次繪畫展覽。從小喜歡閱讀，一直想要用東方文化做為寫作元素，寫出給華人孩子們看的奇幻小說。她希望孩子們能在心中構築一個有趣的世界，同時又能學習到知識與文化，並能對大自然，有溫暖的同理心。作品有《修煉》系列、《仙靈傳奇》系列。

哪吒

故事採集・改寫／洪淑苓

故事來源／中國神話故事

傳說，殷商末年，陳塘關（現在的天津）總兵李靖是個英勇的將領，他的夫人為他生下金吒、木吒兩個兒子；到了第三胎，卻足足懷孕三年六個月，才生下一個肉球。當時，李靖大吃一驚，以為是妖怪，就用劍劈開，裡面卻是個皮膚白皙的嬰兒，更神奇的是他右手套一隻金鐲，肚腹上圍著一塊紅綾，目光炯炯有神。李靖看這嬰兒實在非常可愛，於是抱起了他，取名為哪吒。

原來哪吒是靈珠子投胎，天賦異稟，那塊紅綾稱為混天綾，那隻金鐲就是乾坤環。後來，太乙真人收哪吒為徒弟，教他武藝和法術，聰穎的哪吒學得又快又好。

有一天，天氣炎熱，哪吒到九河灣戲水，他拿著混天綾在水中隨意晃動；這九河灣是東海的源頭，被哪吒這麼一攪動，引發了大浪，震壞龍王的水晶宮。龍王十分生氣，出動兵將和他打鬥，沒想到都被他打敗。後來龍王太子敖丙出戰，哪吒仍然氣勢十足，把敖丙打得落花流水，還抽下他的龍筋，做成腰帶，預備送給父親李靖。龍王一氣之下，上奏玉皇大帝。玉帝准奏，派四海龍王到陳塘關問罪。

哪吒非常震驚，但不想連累父親，就說「一人做事一人當」，「我今日剖腹、剜腸、剔骨肉，還於父母，不累雙親。」於是割肉剔骨，自戕而死。哪吒的母親見狀十分傷心，之後，哪吒託夢給母親，請她幫忙造一座宮廟，讓他的魂魄可以棲身。但此事被李靖發現，下令燒毀這座廟。幸好太乙真人用荷葉、蓮藕給哪吒安裝了肉身，助他復活，並再傳授他新的法術，贈他火尖槍、金磚、風火輪等法器，使哪吒變成一個勇猛威武的神靈人物。

哪吒復活後，不能諒解父親李靖，便和他打鬥。李靖打不過哪吒，邊打邊逃，途中遇到燃燈道人，送給李靖一座玲瓏寶塔，收服哪吒。

最後，道人幫忙勸服哪吒，父子倆才和好。從此以後，哪吒跟著父親李靖出征，助周滅殷，完成許多大事。

後來，在民間信仰中，李靖被稱為「托塔天王」，而哪吒神靈威猛，降伏許多妖魔，被封為中壇元帥、太子爺。一直到今天，三太子哪吒的可愛形象，廣受民眾喜愛。

難忘心情

哪吒的故事，見於《封神演義》、《西遊記》等小說。哪吒個性鮮明，具有叛逆性，是中國古典文學中少見的少年英雄。他的故事很傳奇，也令人深思「自我」和倫理的關係。

說故事的人

洪淑苓，現任臺灣大學中文系教授。曾獲教育部文藝創作獎、臺北文學獎、優秀青年詩人獎、詩歌藝術創作獎、好書大家讀年度最佳兒童少年讀物獎等。著有多種學術專書及新詩集《預約的幸福》、《尋覓，在世界的裂縫》；童詩集《魚缸裡的貓》；散文集《扛一棵樹回家》、《誰寵我，像十七歲的女生》、《騎在雲的背脊上》等。

國王的新衣

故事採集．改寫／黃　海
故事來源／《安徒生童話》

有一個超愛打扮的國王，他只關心自己的穿著，把錢都花在衣服上，最愛不斷換穿新衣服。如果有人找國王，總是聽說他在換衣服，或是乘著馬車在街道上逛，炫耀衣服的華麗；也順便散播消息，尋找傑出的裁縫師。

街坊間最愛流傳：「我們的國王比孔雀、公雞還酷哇！」意思其實是取笑國王：「孔雀、公雞也不會像國王一樣不斷的換衣服。」

不久，來了兩個騙子裁縫師，告訴國王：「我們帶來世界上誰也沒見過的最美麗、最尊貴的布料；但是愚笨和無能的人是看不見它的，當然也看不見用它做的美麗衣服。」騙子生動的比劃形容著，國王聽得入迷了。

「那麼，可以做出一套特異功能衣服咯！」自以為聰明的國王說。

「沒錯！」

兩個裁縫師得到國王賞賜的黃金，頻頻叩頭，差點兒笑出來。

「將來我穿上這套衣服，就可以分辨出誰是聰明人！」國王開心的盤算著。

兩個裁縫師日以繼夜的工作。國王派出大臣前來查看，只見裁縫師兩人對坐在空空的織衣機旁，做出忙碌動作；大臣和隨從根本什麼

也看不見。

「你瞧，這布絕無僅有，花色多麼鮮艷美麗！」一個裁縫師兩手做出拿布的動作；另一個也煞有介事的介紹布料。

大臣擔心自己被認為是愚笨無能的人，回去便稟告國王，看見了世界上最美的布。

一天，國王親自來查看，騙子裁縫師同樣裝出全神貫注、忙著織布的樣子，但織衣機上一根線也沒有。

國王心裡一驚，暗暗吶喊：「天哪！我什麼也看不見，難道我蠢得不配當國王？」正當這麼想的時候，身邊兩個馬屁小臣卻忽然高聲大喊：「真是太美，太美了！」「明天早上的遊行，一定全城轟動，驚嘆連連。」

只見國王脫口而出：「嗯，我非常……滿意，非常滿意。」聲音竟然顫抖著，不知道國王是感動還是驚訝。

遊行大典以前，兩個裁縫師要國王脫下身上所有的衣服，只穿內褲。他們裝模作樣的為國王穿上看不見的新褲子、新衣服、新外袍，告訴國王新衣服的布質如同蜘蛛絲般輕柔。

街道上群眾聚集著，熱鬧哄哄的，因為每個人都不想被認為是愚笨無能的人，便掀起了鞭炮似的掌聲，以及如雷灌耳的讚美。

「哇，多麼美麗的衣服哇！」

瘋狂的讚嘆聲中，突然有一個天真的孩子大叫：「國王沒穿衣服哇！」

國王像受到雷擊般，出於本能的想要拉住披肩遮掩身體，才發現披肩和衣服褲子都是不存在的。

國王臉紅脖子粗，想哭又想笑，卻只能硬著頭皮繼續走完行程。

難忘心情

〈國王的新衣〉是我小時候讀到一本《良友》雜誌裡面的故事，插圖令我印象深刻。當時只覺得好笑好玩。長大後，偶爾也會遇上有人「自以為是穿著新衣的國王」，沉浸在自我陶醉滿足的氛圍裡，不願面對現實和真相；而他身邊的人害怕他的權勢，只能附和他；只有純真無邪的人（如同故事裡的孩子），才會講出真話。

說故事的人

黃海，生於臺中市，臺灣師大歷史系畢業，曾任兒童科學周刊主編、聯合報編輯、靜宜及世新大學任教，作品涵蓋傳統文學與科幻文學，兒童與成人文學，有長短篇小說及童話和科幻理論，曾獲國家文藝獎、中山文藝獎等。重要作品有《百年虎》、《大鼻國歷險記》、《嫦娥城》、《黃海童話》、《科幻文學解構》等。

公主的皇冠

故事採集．改寫／劉思源
故事來源／印度民間故事

「唉！唉！唉！」王后一連生了十一個王子，個個像小野馬似的，調皮搗蛋，吵得國王頭都疼了。終於，王后生了一位小公主，嬌小、可愛，笑起來像一朵玫瑰花。

國王很愛很愛小公主，好像捧了一顆珍珠在手上。他不敢大聲說話，怕驚到她；不敢生氣，怕嚇到她，甚至連氣都不敢喘，怕一不小心把她吹走了。

小公主在呵護下漸漸長大，只要她皺一下眉頭或噘一下小嘴，任何事情國王都答應她。

再過幾天，公主十六歲生日宴會就到了。為了這個宴會，整個王宮忙成一團。裁縫忙著為公主剪裁新衣，廚子忙著烹調可口的食物……。而最傷腦筋的是，小公主想要一頂最美麗的皇冠。

國王召集全國最好的工匠幫小公主打造皇冠。工匠們先用黃金打造了一頂太陽般的金皇冠。沒想到，公主瞧也不瞧說：「哼！黃金皇冠多的是，我才不要呢！」

國王趕忙又叫工匠打了一頂銀皇冠，可是公主還是搖頭：「哼！和我的衣裳一點也不配。」

就這樣，紅寶石、藍寶石、綠寶石……一頂頂皇冠全被她丟到腦後。

一天午後，公主在花園裡玩耍。那天才剛剛下過一場大雨，荷葉上圓滾滾的水珠，在陽光下，閃著著晶瑩的光彩，好像一顆顆彩色鑽石。

「太美了！」小公主讚嘆的想，「要是能串起這些水珠兒做個花環皇冠，一定非常美麗。」

公主飛奔回王宮，拉著國王的手跑到荷花池，說：「父王，我要用荷葉上的水珠兒做皇冠。」

國王一看，傻眼了，水珠兒一碰就破，怎麼做皇冠？

「我不管！我不管！」小公主噘起嘴，大叫：「我就是要用水珠兒。」

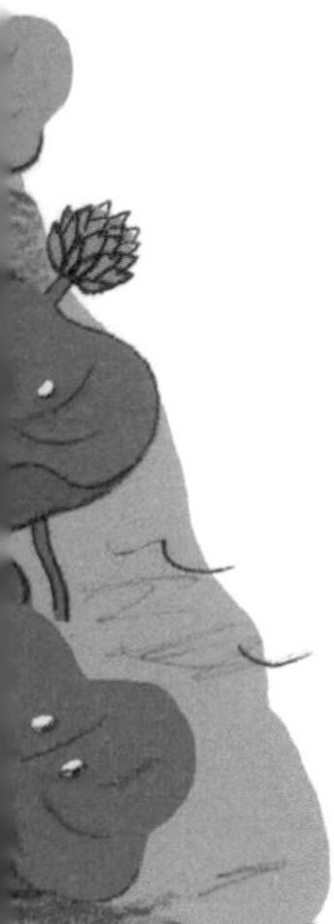

國王沒辦法，只好召集所有工匠，宣布：「如果有人能用水珠兒為公主打造一頂皇冠，便賞他一萬兩黃金。」

國王說完，一位白鬍子、白頭髮的老工匠從人群裡站出來說：「我有辦法用水珠兒做皇冠。不過，我人老眼花，看不清池裡哪顆水珠兒最漂亮，能不能請

公主親自去挑選，再交給我呢？」

公主一聽，興高采烈的叫侍女拿勺子來，彎著腰，認真的撈水珠兒。可是，原本光彩耀眼的水珠兒，只要輕輕一碰，瞬間就破了。

公主撈了半天，一顆水珠兒也撈不起來，小嘴一癟，就要哭出來。

國王正想安慰她，沒想到公主卻把勺子丟給他，「父王，您幫我撈。您不是說過，我想要什麼，您都會幫我辦到嗎？」

「唉！唉！唉！」可憐的國王只好站在池邊不停的撈啊撈……。

難忘心情

小時候，我是爸爸的小公主。我喜歡蝴蝶結，買衣服時，爸爸一定挑有蝴蝶結的；我喜歡吃泡泡糖，口袋裡總少不了有幾個。印象最深刻的是，有一年過年，貪玩的我把火柴和爆竹塞在小皮包裡，不小心連壓歲錢都燒光了。爸爸沒有罵我一句，而是偷偷把同樣金額的錢塞給淚眼汪汪的我。

其實，每個孩子都是爸媽的小王子和小公主。然而，愛之適足以害之。故事中的小公主無疑得了「公主病」。回過頭想，也許「缺乏」才能讓我們學會「珍惜」；「失敗」比「成功」更有價值。

說故事的人

劉思源，職業是編輯，興趣是閱讀，最鍾愛寫故事，一個終日與文字為伴的人。目前重心轉為創作，走進童書作家的行列中。

出版作品近五十本，包含《短耳兔》、《愛因斯坦》、《阿基米得》、《狐說八道》系列等。其中多本作品曾獲文建會臺灣兒童文學一百推薦、好書大家讀年度最佳少年兒童讀物獎，並授權中、日、韓、美、法、土、俄等國出版。

沒有主見的園主

故事採集・改寫／林世仁
故事來源／越南民間故事

在一個鄉下地方，有一戶人家，大花園裡種滿了菊花。秋天一到，主人就笑呵呵的站在花園裡，招呼來看菊花的村人。「到大花園裡賞菊花」成為村人一年一度最期待的事。有一年，主人過世了，他的兒子繼承家業，也繼續種菊花，繼續笑呵呵的站在大花園裡招呼客人。

這一天，酒館老板來賞花。「哇，跟去年一樣漂亮喲！」他看看這朵，又瞧瞧那朵。「咦，您為什麼不種西洋菊？」

「西洋菊？」園主從來沒想過。

「對啊！同樣是菊花，西洋菊比菊花更漂亮呢！」

「可是，西洋菊不是比較脆弱嗎？」園主不放心。

「怎麼會？我前幾天才去村長家欣賞，開得可好呢！西洋菊——西耶！光聽名字就比較高級。村長真有眼光，怪不得是村長啊！」

「喔，是這樣啊？」園主點點頭。

隔天，園主特地帶女兒散步到村長家。一些西洋菊從矮牆中鑽出來，像少女的紅唇在唱歌，果然好嬌豔！

「不知道它們的枝幹牢不牢固？」園主很想進去看個仔細，但不知道為什麼，他並沒有走進去，只是繞著村長家轉了一圈。

「我們明年改種西洋菊吧！」園主回家和太太商量。

太太點點頭。「你覺得好，那就一定是好！」

第二年，西洋菊果然開得好燦爛，來賞花的人都讚不絕口。可是沒幾天，一陣狂風掃過，滿園的西洋菊竟然全都仆倒了。

「哎呀！西洋菊果然太脆弱！」園主好心疼。

他把整園的枯枝清理乾淨。「唉，明年要種什麼好呢？」

村裡的老師正好經過，建議說：「要種就種玫瑰呀！又美又有品

味。」

「對喔，真是好主意！」園主點點頭。

第二天，園主正在整地，一位朋友經過。「什麼？又要種花？你真傻，應該種蘿蔔呀！可以自己吃又可以賣錢。」

「對呀！我怎麼沒想到？」園主又心動了。

第三天，一位養蠶人經過。「蘿蔔？你應該種桑樹！不但能採桑椹，還可以養蠶，收益比蘿蔔大多了！」

「對對！您說得真對。」園主又拿不定

主意了。

每一天，都有人來提供建議，每個建議都好有道理。

園主想來想去，沒法決定，一看，播種季節都過去了，只好匆匆忙忙從別處挖來菊花苗，又種回菊花。這次雖然一樣努力照顧，第二年，菊花卻開得又小又少。除了太陽和月亮，根本沒人來看花。連太陽都隔著天空，對著月亮搖頭說：「唉，真是沒有主見的園主！」

難忘心情

《沒有主見的園主》是我小學高年級看過的故事書。這篇故事很像《伊索寓言》中的〈父子騎驢〉，但是園主和花園的比喻，更像「人和人生」的關係。我平常聽別人說話，不管正方、反方，常常都覺得很有道理，很難決斷。所以第一次讀到這故事，我就暗自唉呀了一聲，「我就是那個沒有主見的園主哇！」

說故事的人

林世仁，高高瘦瘦，喜歡聽黑膠唱片，覺得生命就像一場神奇的大魔術。作品有童話《字的童話》系列、《流星沒有耳朵》、《小麻煩》；童詩《古靈精怪動物園》、《誰在床下養了一朵雲？》、圖象詩《文字森林海》；《我的故宮欣賞書》等四十餘冊。曾獲金鼎獎，中國時報、聯合報、好書大家讀年度最佳童書等。第四屆華文朗讀節焦點作家。

六尺巷

故事採集・改寫／陳木城
故事來源／中國民間故事

清代康熙年間，安徽桐城有兩個大戶人家。張家的張英在朝廷做了大官，官拜文華殿大學士兼禮部尚書，吳家也是桐城百年的士紳望族，兩家本來都是和諧相處的世交。

有一年，兩家人要築牆，卻為了地界的問題吵了起來，鬧到縣衙門去了。可是，因為世代久遠，地契也沒標示清楚，兩家人都說不清，縣官也拿不定主意，兩家又都得罪不起，案子就一直懸而未決，使得兩家的工程也遲遲無法順利施工。

張家人想到張英在朝做官，深受敬重，或許讀書人有見識，可以幫忙想個法子，讓這件事有個解決。於是就寫了一封信，送到北京去請教張英，免得兩家爭執不下，傷了和氣。張英看了這封家書，笑了一笑，隨手寫了一首詩，請家丁帶回給故鄉的家人。

家人收到了信，信上的詩是這樣寫的：

千里傳書只為牆，讓人三尺又何妨，
萬里長城今猶在，不見當年秦始皇。

詩的意思是說：不遠千里送了家書來，竟然只是為了築牆的小事！讓對方三尺，又有什麼關係呢？想想看，長城有萬里之長，今天都還在，可是秦始皇早已不在了。生命很短，有什麼好爭的呢？

張家人就照著詩上的意思，主動把相爭不下的地界退後，讓出了三尺。吳家人看了，也想：「人家都讓了三尺，我們不讓怎麼好意思！」也主動退讓出了三尺。於是，兩家都築起了圍牆，在兩家之間留出了六尺的巷子，這條巷子也方便了出入的鄰人，鄉人都津津樂道。

後來，康熙皇帝聽說了這件事，為表彰張英的謙讓精神，特別題名這條巷子為「六尺巷」，這就是六尺巷的由來，也留下了美談。

張英在康熙六年考中進士，文采、人品都深受康熙皇帝器重，一直都是皇帝的貼身參謀和祕書，還曾獲得恩賜入住皇城。他的兒子張廷玉，是清朝盛世康雍乾的三朝名相，還是清朝可以入奉太廟的唯一漢臣。張家恭儉謙讓的門風，成就了一門七世十三進士，和六尺巷的故事一樣，成為美談。真是：六尺巷弄短，流芳萬世長。

難忘心情

小學時，從收音機裡聽到這個故事，在我幼小的心裡迴旋良久，也深深的影響了我的人格和成長。小時候，很簡單的以為不爭就是美德，有德之人好心有好報。稍大後，懂得思辨忍讓、禮讓、謙讓的不同。一樣是讓，弱者之讓是忍讓，平等之讓是禮讓，強者之讓是謙讓。現在重讀，又不只是這麼回事了，可以用價值和選擇來看，張英是寧可讓三尺、五尺的地，也不能仗著權勢地位而有失身分，這不是價值的選擇嗎？一個小小的故事，卻有很多可以深刻思考的面向。

說故事的人

陳木城，兒童文學作家，歷任小學教師、主任、督學、校長，退休後從事生態、科技工作，曾任生態農場總經理、教育科技公司執行長。喜歡讀書寫作，創建新的事物，現在除了演講寫作，也擔任全球華文國際學校推動籌設等工作。

博望坡軍師初用兵

故事採集・改寫／王文華

故事來源／《三國演義》

三國相爭，劉備實力最弱，他求賢若渴，三次親訪茅廬，才把孔明請下山來幫他打天下。

有了孔明，劉備凡事都聽他意見，白天聊到晚上，天天這麼好，讓劉備的結拜兄弟——關羽和張飛氣得不得了。

「一個窮酸書生，值得大哥那麼信賴嗎？」張飛恨不得打他一頓，這才能解氣呢！

其實不只張飛吃味，劉備陣中的士兵也懷疑，明明就是個弱不禁風的讀書人，打仗時，能管用嗎？

證明的機會到了，曹操派夏侯惇領兵十萬殺過來。劉備想派張飛和關羽上戰場，這兩兄弟可不依：「大哥平日說，得了孔明是如魚得水，現在有難，應該派『水』出征呀！」

孔明說：「出謀劃策是我的本分，打仗卻要仰賴兩位將軍，我來指揮作戰當然行，就怕兩位將軍不服氣。」

一聽孔明這麼說，劉備便把指揮權交給他：「敢違軍師號令者，立斬。」

張飛還是不服氣，關羽拉住他：「哼，先看他有什麼本事再說。」

於是，孔明開始分派工作，這是他擔任軍師後的第一仗：他派關羽引一千士兵埋伏在前，等敵軍通過，看到南邊火起才出擊；又命張飛領一千軍埋伏樹林，只等火起後攻擊；再派趙雲去誘敵，只許敗不許勝；最後，連劉備都要上場做後援。

關羽問：「我們都去打仗，不知道軍師負責什麼？」

孔明從容的說：「我專責守城。」

他這一說，張飛氣得咬牙切齒：「我們去拼命，你卻在家裡悠閒？」

孔明微微一笑：「我有主公的授權，違令者斬。」

劉備也勸他：「三弟別鬧，難道沒聽過『運籌帷幄之中，決勝千里之外』嗎？就聽軍師的。」

有了劉備做靠山，關張兩位將軍也只能領命出擊。當然，大家都心不服口不服，只等孔明出醜再來修理他。

沒多久，夏侯惇領軍到

了。他看到趙雲前來挑戰的老弱殘兵，忍不住大笑說：「人人都誇孔明，說他是活神仙，有多大本領，今天一看，也不過如此罷了。」

於是，他親自去戰趙雲，不到數回合，趙雲就假裝被打敗，逃走了。夏侯惇是個急性子的人，他在後頭拼命追，一直追進博望坡，直接落進孔明的圈套裡。南面火起，四面埋伏齊出，十萬大軍被殺得七零八落，能回去的沒幾個。

關羽、張飛心服口服，知道了孔明的能耐，從此真心聽從孔明調度，共同輔佐劉備，建立了蜀國，有了與魏國、吳國相抗衡的能力。

難忘心情

從小我就愛《三國演義》的故事，小時候最迷孔明，那時只有紅皮封面的全文《三國演義》，因為年紀小，許多文字看不懂，只好邊看邊猜。我最愛從博望坡軍師初用兵開始看，因為從那裡開始，孔明進入三國的世界，展開他風起雲湧的一生，不管是火燒赤壁，舌戰群儒，還是借來東風，氣死周瑜。我心裡覺得最精采的三國演義，那神鬼莫測的孔明兵法，就從這一回開始。

為了這場仗，孔明其實已經準備多年，他成功抓住機會，完成了第一場出征，從此踏上三國舞臺。

人們常說，機會是給準備好的人，孔明做到了。做好準備吧，誰知道屬於你的博望坡會在哪一天到呢？

說故事的人

王文華，國小教師，兒童文學作家，臺東大學兒童文學研究所畢業。他愛山更勝於愛海，目前定居於埔里，一個靠近日月潭邊的小鎮。

平時的王文華很忙，忙著讓腦袋瓜裡的故事飛出來，也要忙著管他那班淘氣的學生，他喜歡跑到麥當勞「邊吃邊找靈感」，那時，他特別有感覺，可以寫出很多特別的故事。

曾獲國語日報牧笛獎、金鼎獎等獎項。出版《美夢銀行》、《我的老師虎姑婆》、《可能小學的歷史任務》等書。

石板下的鳳凰

故事採集．改寫／王家珍

故事來源／韓國民間故事

古老的韓國，有一個農夫，住在連年乾旱的村莊。有一天，他夢見從自己住的家中往北邊直直走，翻過七座山頭、越過七條河流，就會看到七棵高大的柳樹環繞著一塊大石頭；把大石頭敲開，一隻長著彩色炫麗羽毛的鳳凰鳥，從石板底下飛升上天！接著湧出甘冽的澎湃泉水，那是他看過最美麗的鳥兒，是他嘗過最甘甜的泉水。

農夫告訴妻兒，為了這個家的美好前途，他得出外奮鬥，一找到甘冽泉源，就回來帶他們一起去享用。

農夫離開家往北邊走，翻過七座山頭、越過七條河流，果真看到夢中場景，他開始敲大石頭，要把大石頭敲開。

敲啊敲！敲啊敲！堅硬的大石頭被敲下小小的碎片。但是石頭太巨大，怎麼都敲不開！農夫從年輕敲到年老、黑髮敲成白髮，他被孤獨與絕望打倒，倒在大石頭旁邊死去。

農夫的兒子，也作了同樣的夢。他也拋下妻兒，離開家園，翻過七座山頭、越過七條河流，果真看到夢中場景，也看到父親的屍骨。他把父親埋葬在樹下，就開始敲大石頭，要把大石頭敲開。

敲啊敲！敲啊敲！農夫的兒子從年輕敲到年老、黑髮敲成白髮，他的美好夢想被孤獨與絕望打倒，也倒在大石頭旁邊死去。

農夫的孫子，也作了同樣的夢。鳳凰鳥美麗絕倫，讓他幾乎不能呼吸；泉水清冽甘甜，好比神仙甘露，難怪爸爸和爺爺一離開家就不肯回來。

農夫的孫子告訴他的妻子和兒女：「為了這個家的美好前途，我們一家人一起去追尋那個人間仙境。在那塊有著美麗鳳凰鳥和甘甜泉源的地方，建立我們的美好家園。」

農夫的孫子，一家四口，帶著全部家當，還有九頭牛、八頭驢子、七隻羊、六隻雞、五條狗、四

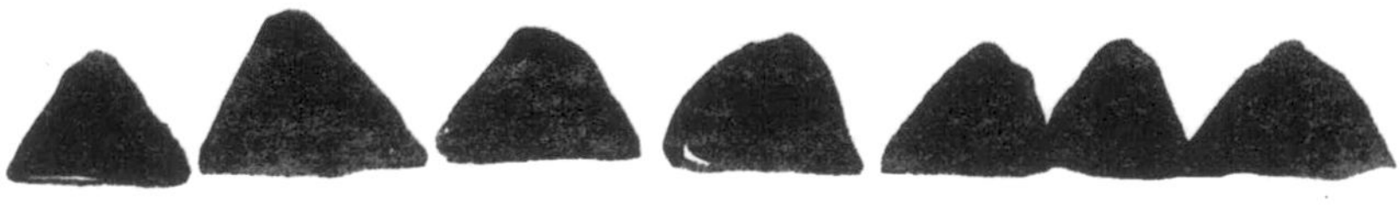

隻鵝、三隻小豬、兩隻鴨子和一隻貓，往北邊走，翻過七座山頭、越過七條河流，歷盡千辛萬苦，終於來到夢中場景，也看到父親的屍骨。

他們把父親的屍骨埋在爺爺的墳墓旁邊，先把家園安頓下來，接著開始合力敲擊大石頭！

經過爺爺和爸爸多年來的努力，大石頭已經被敲成薄薄的石板。農夫孫子一家四口才敲了三下，石頭就出現裂縫，小女兒輕輕一敲，石板「啵！」的

一聲，裂開了！

羽毛炫麗的七彩鳳凰鳥，從石板底下飛升上天！這是他們看過最美麗的景象，一輩子也忘不掉。

接著，地底湧出甘冽的泉水，源源不絕。他們一家人的美夢成真了！

難忘心情

故事裡的農夫和兒子口口聲聲說要讓家人過更好的生活，卻接連離開家園、死在外地。一家人生離死別，哪有什麼幸福可言？

我在圖書館和網路上遍尋不著這個故事，只好自己憑著記憶、嵌入自己的價值觀，改寫了這篇故事，最後讓農夫孫子一家人，同心合力，為了理想，繼續奮鬥，終於找到理想的美好家園。

說故事的人

王家珍，澎湖人，正職是道貌岸然的兇巴巴老師，閒暇時充當「業餘童話創作者」。開心快樂時，常把創作童話拋在腦後；鬱卒難受時，才想到用童話創作來療傷止痛。過年過節時，也喜歡寫篇童話慶祝一番。

業餘創作童話已滿三十年，出版過十八本書，童話創作風格為搞笑、娛樂、諷刺……，也喜歡做些小手工自娛。

藍鬍子

原著／夏爾．佩羅（Charles Perrault，1628-1703，法國詩人）

故事採集．改寫／許榮哲

從前，有個長了一嘴藍色鬍子的男人，因為沒人知道他的真實姓名，以及出身來歷，所以大家都叫他藍鬍子。

關於藍鬍子，大家只知道他很有錢，住在一棟古老的城堡裡，並且有七個老婆，但從來沒人見過，所以也不知道是真是假。

有一天，藍鬍子看上一個寡婦的小女兒，強迫對方把女兒嫁給他，否則就要殺了對方全家。

小女兒不忍心家人痛苦，於是不顧媽媽和哥哥們的反對，自願嫁給藍鬍子。

嫁給藍鬍子之後，她發現丈夫沒有外表那麼可怕，也不像外面傳說的那麼嚇人，頂多只是脾氣壞了一些，動不動就說「我要殺了你」。

還有，外面傳說藍鬍子有七個老婆，根本是胡說八道。

不過，藍鬍子確實有一些不為人知的祕密，例如城堡裡有些房間的門永遠是上鎖的。

妻子曾經問藍鬍子：「上鎖的房間裡面是什麼？」

藍鬍子說：「不要問，不知道你會比較快樂。」

妻子沒有追問下去，日子就這樣無憂無慮的一直來、一直來。直到有一天，藍鬍子突然交給妻子一大串鑰匙，其中有一把金色鑰匙特別顯眼。

藍鬍子說：「我要出遠門一趟，所以家裡所有的鑰匙都交由你保管。沒事的話，不要亂開門，尤其是金鑰匙那一間，裡面的東西會害死你。」

「害死我？為什麼？」

「不要問，只要不亂開門，就沒事。」

說完，藍鬍子就出遠門了。

藍鬍子愈是這麼說，妻子愈是好奇。

藍鬍子一出門，妻子立刻用鑰匙打開一扇又一扇的門，門後是各式各樣的金銀財寶，以及女人的衣物。

「怎麼會有這麼多女人的衣物？」

最後，妻子來到最後一扇門，看著手上的金鑰匙，她想起丈夫的話：「裡面的東西會害死你。」

妻子掙扎了好幾天，最後還是敵不過好奇心，當她小心翼翼打開最後一扇門時，嚇得當場昏倒，因為她看到七個女人的屍體。她們就是傳說中藍鬍子的七個老婆，原來她們都被殺了，做成標本，永遠鎖在金色鑰匙的房間裡。

嚇暈的妻子醒過來時，第一眼看到的居然就是藍鬍子。

妻子當場尖叫，因為藍鬍子的刀子已經高高舉起來了：「我說過了，房間裡面的東西會害死你，你就是不信。」

當刀子刺向妻子的心臟時，突然被三把斧頭擋了下來，原來是哥哥們擔心妹妹的安危，特地來探望她，及時救了妹妹一命。

難忘心情

〈藍鬍子〉是我小時候最難忘的故事之一。

小時候，我最喜歡躲在衣櫥裡，享受那種純粹的安靜與黑暗。直到國小三年級，某個夏日午後，充滿好奇心的看完〈藍鬍子〉之後，從此我再也不敢一個人進入衣櫥。

我害怕掛在衣櫥裡，一件又一件，像是搖搖晃晃的身影，嚇死人了。「好奇心」果然害死人。

說故事的人

許榮哲，曾任《聯合文學》雜誌主編、四也出版公司總編輯，現任「走電人」電影公司負責人。曾入選「二十位四十歲以下最受期待的華文小說家」。曾獲時報、聯合報、新聞局優良劇本、金鼎獎雜誌最佳編輯等獎項。影視作品有公視「誰來晚餐」等。代表作《小說課》在臺灣和中國大賣十幾萬冊，掀起故事的狂潮，被盛讚為「最適合中國人的故事入門教練」。

血字的研究

故事來源／英國小說家阿瑟．柯南．道爾於1887年創作第一本以名偵探夏洛克．福爾摩斯為主角的作品《血字的研究》（*A Study in Scarlet*）

故事採集．改寫／蔡宜容

約翰．華生的軍醫生涯稱不上幸運，他在英國與阿富汗的戰爭中受了傷，眼看著稍有起色卻又染上傷寒，雖然撿回一條命，身體卻非常虛弱，因此被遣送回英國休養。華生大夫一個人住在空盪盪的倫敦公寓裡，對前途感到很茫然，日子過得很沒勁。

老朋友史丹佛介紹他到巴茲醫院實驗室找一位夏洛克．福爾摩斯先生，這個人正在找尋合得來的室友。華生覺得這個點子不錯，立刻前往醫院。華生走進實驗室，看見一個又瘦又高的人站在桌旁，那人抬起頭隨意看了一眼，突然衝過來對他說：「我發現了！哈！我發現了！」

華生不知道該說什麼，那人繼續興高采烈的說：「我發現一種血液鑑定的方法，對警方辦案非常有幫助，這應該是法醫學近年來最重要的發現！」他的眼睛閃閃發光，開心得像個得到新玩具的孩子。

華生客氣的說：「太好了，恭喜你……。」他話還沒說完，那人一把抓起他的手，衝回擺滿實驗裝置的桌旁，拿起燒杯與試紙，滔滔不絕的解釋某種關於血液蛋白質的現象，而且愈說愈激動，索性拍起手來，甚至還跳了幾下。華生簡直看傻眼，他從來沒有遇過這樣的

「大人」，他覺得有點害怕，卻忍不住心跳加速，彷彿隨時都有好玩的事情要發生。

「我看得出來，你到過阿富汗。」那人一面往試管裡加藥劑，一面悠閒的說。

「你……你怎麼知道？」華生只擠得出這句話。

「這很簡單，你剃了個鍋蓋頭，眼神銳利，背脊挺直，渾身散發某種軍人氣質。你走路有點跛，似乎受過傷，也許剛從戰場上回來。你的袖口挽起，露出手臂上的黑白兩截顏色，顯然原本膚色蒼白，但曾經在日曬強烈的地方待過。戰爭、軍人、日曬強烈的地方，這幾個線索足夠讓我做出上述推論。」

他一口氣說完，臉上露出沾沾自喜的神情，就像等著接受喝采的

鍋蓋頭
眼神銳利
袖口挽起，手臂上的黑白兩截顏色，曾經在日曬強烈的地方待過。
背脊挺直，渾身散發某種軍人氣質。
走路有點跛，似乎受過傷，也許剛從戰場上回來。

謝幕演員。華生雖然搞不清楚究竟怎麼回事，卻打從心底佩服這個怪傢伙，他由衷的發出讚美：「太棒了，了不起。」

那人咧著嘴笑，「你一定是史丹佛提到的約翰．華生大夫，很高興認識你，我是夏洛克．福爾摩斯，我剛才展現的是我自創的演繹推論法，而我是也全世界唯一

的諮詢偵探。」

「諮詢偵探？」

「是的，我接受警方與一般人諮詢，當他們陷入困境就會來找我幫忙。啊，對了，我現在要到蘇格蘭警場協助調查一件案子，你來不來？」

「我來不來？」

「你似乎有一種重複別人說話的不良習慣。方便就

來，不方便也要來。」「方便就來，不方便……。」華生話還沒說完，自己都覺得好笑，福爾摩斯也放聲大笑。

華生跟這奇妙的傢伙見面還不到二十分鐘，已經決定跟他一起「協助警方辦案」，並且成為他的室友。華生有預感，接下來的日子恐怕不會太安穩。不過，遊戲已經開始，誰還要安穩的日子？

難忘心情

如果世界崩壞，人類即將移民火星，如果我只能帶一本書，那麼毫無疑問，我會從書架上抽出《福爾摩斯全集》。我相信，只要帶著這對名偵探與好醫生，總能保留地球文明最美好的回憶，包括那些朦朧的欲望，真摯的友情，以及明明只有五十六個短篇、四部長篇，卻永遠讀不完的故事。

「我看得出來，你到過阿富汗？」這是福爾摩斯在《血字的研究》中與華生初次見面時所說的話，某種程度來說，這是創世紀第一章。

說故事的人

蔡宜容，英國瑞汀大學兒童文學碩士，現為臺東大學兒文所博士生，譯作包括《沙莉拉赫特三部曲》、《謊話連篇》、《哈倫與故事之海》、《盧卡與生命之火》、《沙莉拉赫特三部曲》、《城市裡的鳥巢》等；著有《癡人》、《中美五街今天二十號》等。臉書專業「Dodoread 都讀」討論兒童、文學、評論，歡迎來逛逛。

冬天的橡樹

原著／尤里．納吉賓（Yuri Nagibin，1920-1994，俄羅斯作家）

故事採集．改寫／王春子

薩武什金今天又遲到了。矮個子的他，有一張圓圓的臉，兩頰總是被寒風颳得紅咚咚的，像擦過甜菜似的。

「請你說說，為什麼經常遲到？」年輕的安娜老師說。

「我也不知道，」薩武什金攤開雙手說，「我走到學校要一個小時。」

「一個小時？從療養院沿著公路走到學校，只要半個小時。」

「我不是沿著公路走，我是抄近路，『股直』穿過森林……」

「是『筆直』。」安娜老師望著薩武什金，她以為他會再說些其他理由，但薩武什金只是瞪大雙眼，直視著老師，像在說「我都跟你解釋清楚了」。

老師只好歎一口氣，「真遺憾，薩武什金。我必須和你的母親談一談。」

「請吧！安娜老師，媽媽會很高興的。」

「很遺憾，我沒有什麼事可以讓她高興。你媽媽今天上早班？」

「不，她今天下午三點才上班。」

「很好，今天下午兩點下課後，我們一起回你家。」

薩武什金帶著安娜老師走學校後面的那條小徑。他們剛走進森林，堆著厚厚積雪的雲杉樹，便恣意的張開枝椏籠罩住他們。一下子，他們就來到一個寂靜無聲的世界。麻雀和喜鵲在樹上跳來跳去，使得樹枝擺動，毬果紛紛落地，卻沒有任何聲響。

薩武什金走在安娜前面，他俯著身子，靜靜的觀察四周。森林似乎不斷的指引著他們，走向那些錯綜複雜的通道，想要通往另一頭被陽光照亮的林間，卻像是永遠走不過去。

忽然間，遠處的天空閃耀著一條淡藍色的裂縫，密林換成了疏林，四周變得寬敞，森林一下子向兩邊分開，林中潔白閃爍的雪白空地上，屹立著一棵橡樹，巨大而壯麗，像一座大教堂，兩邊的樹木都恭敬的讓開。樹皮上，一道道深深的皺紋被雪填滿。那足足有三個人才環抱得住的粗樹幹，像被縫上了銀線。秋後乾枯的葉子並沒有掉落，上面都覆蓋著一層白雪，橡樹就像是罩上了一層特製的雪衣。

「安娜老師，你看，這就是冬天的橡樹！」

安娜畏縮的朝向橡樹走近。這位恢宏豁達的森林紳士伸出枝椏，像在向她默默行禮。

「你看！」薩武什金把地上黏著泥土和枯草樹枝的雪堆扒開。洞裡面躺著一個圓球，「瞧牠蜷得多緊。」薩武什金小心的將刺蝟蓋上。他又將另一邊樹根旁的雪扒開。洞中坐著一隻褐色的蛤蟆，像用硬紙板做的，一動也不動。「現在看起來好像死了，」薩武什金戳了一下蛤蟆，「但讓牠曬曬太陽，牠就會跳，跳得可高呢！」

他繼續帶著安娜老師在他的小天地裡遊走。橡樹的根部，收容著各式各樣奇特的住戶，小金蟲、蜥蜴、瓢蟲……。有的住在樹根，有的住在樹皮縫，牠們都瘦得乾扁扁，安靜的沉睡過冬。

安娜仔細的觀察著，她從來不曾發現這些祕密——這棵強壯的大樹，給了這麼多生命溫暖。

突然間，安娜老師聽見薩武什金擔憂的喊著，「糟糕！遲了，我們已經遇不到媽媽了！」

難忘心情

從小，我也是那個總是遲到，令老師頭疼的學生。所以，當我讀到「薩武什金今天又遲到了」立刻就點頭微笑了。雖然小時候從沒看過雪景，卻隨著故事裡的薩武什金，一起走進那安靜的白色森林，看見了巨大的橡樹，看見了那些躲藏著過冬的房客……，彷彿也能想像那北國森林的模樣。

故事最後，安娜老師答應了薩武什金，以後能繼續穿越森林上學。長大後重讀這個故事，突然能體會安娜老師的感動；當她走進森林時，所感受到自然的美，觀察到的變化……在大自然中理解到的一切，是很迷人的。

說故事的人

王春子，經常被誤會成筆名的名字，其實是本名。本是插畫家，為了作品的一氣呵成，也從事平面設計。兒子出生後，開始創作繪本，著有圖文集《一個人遠足Be Strong》、《你的早晨是什麼？》，繪本《媽媽在哪裡？》、《雲豹的屋頂》，和朋友持續製作發行獨立刊物《風土痣》。

三個女婿

故事採集・改寫／李光福
故事來源／中國民間故事

員外和太太生了三個女兒，夫妻倆全心全意的照顧她們，將她們養大成人，並且一一出嫁。大女兒嫁給一個讀書人，二女兒嫁給一個做餅的商人，小女兒嫁給一個農夫。

員外夫妻倆對大女婿和二女婿很滿意，唯獨對小女婿有成見，因為他是農夫，總覺得有門不當、戶不對的遺憾。可是小女兒堅持要嫁，基於愛女心切，夫妻倆也就不再反對了。

一年中秋節，正好是員外的六十大壽，三個女兒和女婿都帶著厚禮回來祝壽。看到三個女兒生活幸福美滿，加上賀客不停的敲邊鼓，員外忍不住多喝了幾杯酒，有了幾分醉意。

員外想向賓客炫耀，便對三個女婿說：「你們都是讀書人，趁今天我六十歲生日，每個人作一首四言詩為我祝壽吧！」

為了討好岳父大人，三個女婿紛紛點頭說好。

員外接著說：「不過，我有個規定，就是這首四言詩，分別要用圓又圓、缺半邊、亂糟糟和靜悄悄做結尾。大女婿，就由你先開始吧！」

大女婿是讀書人，吟詩作對對他來說，本來就是輕而易舉的事。他略加思索，立即朗聲念道：

中秋月亮圓又圓，
過了十五缺半邊，
滿天星斗亂糟糟，
到了天亮靜悄悄。

大女婿一念完，現場賀客立刻給予熱烈的掌聲。員外得意的大笑說：「哈哈哈！大女婿不愧是讀書人，好！好極了！二女婿，換你！」

二女婿雖然是做餅的，但也讀過一些書，他想了一會兒，念道：

中秋月餅圓又圓，
咬了一口缺半邊，
餅屑落桌亂糟糟，
全部吃光靜悄悄。

二女婿念完，賀客們也給予熱烈的掌聲。員外點頭說：「嗯，做餅的作詩，果然和餅有關。三女婿，換你了！」

三女婿是個農夫，從沒讀過書，要他作詩，簡直要他的命，他緊張得四處尋找救兵。就在他東張西望，不知該如何是好的時候，一眼瞧見坐在那兒，福福泰泰的岳父、岳母，便靈機一動，隨口念道：

岳父岳母圓又圓，
死了一個缺半邊，
滿堂哭得亂糟糟，
全部死光靜悄悄。

三女婿念完，賀客們一片譁然，大家不約而同的朝員外夫妻倆看去，只見員外已經滿臉通紅的昏倒在椅子上。

難忘心情

小學時的兒童節遊藝會，我上臺講這個故事，笑倒了許多老師和同學。會後，還有老師專程找我要故事裡的那三首詩呢！我也因此聲名大噪，成為校內的風雲人物。

説故事的人

李光福，新竹師院語文教育系畢業，在小學任教三十一年退休。目前是專職兒童文學作家，著作逾百餘本。作品曾獲金鼎獎入圍、國立編譯館人權教育優良圖書獎、好書大家讀年度好書獎、九歌少年文學獎等獎項。

懶人餅

故事採集‧改寫／許書寧
故事來源／中國民間故事

阿旺娶了新媳婦。

新媳婦長得甜美又可愛，紅咚咚的臉，圓滾滾的頰，烏溜溜的髮，笑起來好像一朵花。

阿旺疼惜新媳婦，不忍心讓她洗衣服，怕洗粗了那雙白淨淨的手。也不忍心叫她生火煮飯，怕熏髒了那張粉嫩嫩的臉。更不忍心讓她攀上爬下的打掃，怕累壞了那嬌滴滴的身子。

從裡到外，大大小小的家事都是阿旺一手包辦。新媳婦什麼也不必做，茶來伸手，飯來張口，成天坐著笑得像朵花。

日子久了，阿旺變得愈來愈勤快，新媳婦卻變得愈來愈懶惰，就連從床上起身，走到桌邊兒吃飯都懶得動。

有一天，遠方親戚捎來一個消息，說是老家剛過世的祖宗給阿旺遺留下一塊肥沃的好田地，非得他親自跑一趟、辦理繼承手續不可。倘若晚了，好地恐怕就要變成別人的。

阿旺很為難。

因為老家的距離遙遠，來回一趟得花上許多天的路程。他的身體健壯，倒不怕連夜趕路；問題是家裡這個什麼事都懶得動手的新媳婦，如果沒有他伺候三餐，豈不會活活餓壞了？

阿旺想了又想，總算想出了一個好主意。

他買了五斤麵粉，揉啊打啊捏啊烘啊，烤成一籠又香又脆的圓酥餅。每塊餅中央都打了個小圓洞，看起來就像甜甜圈。阿旺再拿紅繩，把所有酥餅串成一條香噴噴的金黃色項圈，掛在新媳婦的脖子上。新媳婦低下頭，咬了一口剛出爐的美味酥餅，高興得咧嘴笑了，甜蜜得像朵花。

「好媳婦啊，這樣就不會讓你挨餓了！」阿旺放心的說。

於是，阿旺背起行囊，匆匆出了門。翻山越嶺回到老家後，順利繼承了祖宗留給自己的好田地。那可是一筆天上掉下來的意外之財，有了這塊肥沃的農地，往後的租金和收成肯定極為可觀。阿旺愈想愈歡喜，趕緊上街買了一只亮晶晶的金頭飾，又多裁了幾碼喜氣洋洋的紅布料，準備帶回去送給花朵般甜美的新媳婦，和她分享這個好消息。

阿旺連趕了幾天路，總算回到家。進門一看，卻被嚇得魂飛魄散！新媳婦的脖子上還掛著沒吃完的圓酥餅，卻已經餓死在床上了。究竟是怎麼一回事？

原來，新媳婦實在太懶惰了。她吃光了前面的酥餅，卻又懶得動手將後面的酥餅轉到前頭來。所以，就那樣活活餓死了。

難忘心情

小時候，聽大人們閒聊，只要提起哪家的某某某好吃懶做，外婆總會講這個〈懶人餅〉的故事，用來告誡我們不可以「懶惰得不像話」。只不過，她口中的「懶人餅」造型從沒定性，總是變化萬千。

外婆講故事喜歡就地取材，因此，故事中阿旺伯烤的餅，有時像小小的「平安餅」，有時又會化為一整塊巨大厚重的「醱酵餅」，直接套在新媳婦的頸項上，好像戴著一枚可以啃咬的「和氏璧」。我們幾個孩子各自想像「懶人餅」的口味，聽得樂不可支。雖然不知道故事中的教訓意味是否在我們身上達成效果，但想像中的好滋味卻已清晰的留在記憶中。

說故事的人

許書寧，愛畫畫，愛作夢的北港孩子，臺灣女兒，日本媳婦。先後畢業於輔仁大學大傳系廣告組及大阪總合設計專門學校繪本科。作品曾獲臺、日多項獎項。

目前定居日本大阪，從事文圖創作與翻譯工作。創作內容包括繪本、散文、插畫、翻譯、設計、有聲書等。

格雷的畫像

原著／奧斯卡．王爾德（Oscar Wilde，1854-1900，愛爾蘭作家）

故事採集．改寫／管家琪

道連．格雷是一個富家子，長相俊美、心思單純，雖然已經年過二十，可是在畫家貝澤爾看來還像是個少年，是人間真善美的化身。貝澤爾為格雷畫了一幅全身肖像畫。在畫作即將完成的這天，格雷在畫室巧遇亨利勛爵，亨利勛爵也對格雷的俊美和純潔大為傾倒。

亨利勛爵崇尚享樂主義，他告訴年輕的格雷：「你只有幾年的時間能夠實實在在的生活，青春一逝，美也隨之而去……。啊！當你還擁有青春的時候，就盡情的去享受它吧！」

格雷被說動了，不久，當他看到畫中青春無敵的自己，想到自己很快就將老去，非常痛苦，情不自禁許下一個心願：「要是永遠年輕的是我，而變老的是畫，該有多好！如果可以達到這個目的，我什麼都願意給！是的，我願獻出世上的一切！我願拿我的靈魂去交換！」

這個看似荒誕的願望竟然實現了。從此，畫中的格雷慢慢變老，而真實生活中的格雷，卻始終維持著青春俊美的模樣。

在亨利勛爵的影響下，格雷每天過著縱情享樂的生活，道德也日趨墮落。同時，格雷發現畫中人不僅慢慢變老，而且還慢慢變醜。

轉眼十八年過去了，當年單純的少年格雷，成了一個聲名狼藉的惡棍。那幅畫像早就被格雷藏在頂樓，罩上一塊紫緞，成為一個祕密。畫中的人，容貌憔悴，面目可憎，似乎反映出格雷這麼多年以來的種種胡作非為。

有一天，畫家貝澤爾來訪，苦口婆心規勸格雷要注意外頭關於他的各種非議。貝澤爾還說：「做了壞事，會反映在一個人的容貌上，要隱瞞也瞞不住。」這

番話深深刺激了格雷，他先憤而向貝澤爾展示那幅猙獰可怕的畫像，又瘋狂而殘忍的殺害了這個最忠誠的朋友！

緊接著，格雷驚恐的發現，畫中人一隻手上出現了血滴，而且愈來愈醒目。格雷再也受不了，抓起刀衝過去，想把這幅畫像給毀掉——

一聲慘叫劃破了夜晚的寧靜，僕人們跑上來一看，看到一幅破損的畫像，是當年主人年輕時的肖像畫，畫中的格雷容光煥發，神采奕奕。地上躺著一個陌生人，一身華服，但滿臉皺紋，樣貌醜陋不堪，心窩上還插著一把刀。

這個人就是道連·格雷。

難忘心情

小時候讀王爾德的這個故事，雖然不大能夠領會，但還是很喜歡，因為這個故事實在是太奇特了！長大以後再重讀，這才領會，原來「畫中人」是意味著一個人的靈魂。確實，誰能知道自己的靈魂是什麼樣子呢？不過，「相由心生」（也就是後來貝澤爾勸告格雷的話），一個人的外表多少還是會流露出一些信息。也難怪會有一種說法，說上了年紀的人，如果好看，多半是因為善良。

說故事的人

管家琪，兒童文學作家，曾任《民生報》記者，後專職寫作至今。目前在臺灣已出版創作、翻譯和改寫的作品逾三百冊，在香港、馬來西亞和中國大陸等地也都有大量作品出版。曾多次得獎，包括德國法蘭克福書展最佳童書、金鼎獎、中華兒童文學獎等等。

作品曾被譯為英、日、德及韓等多國語文，並入選兩岸三地以及新加坡的語文教材。經常至華語世界各地中小學與小朋友交流閱讀與寫作，廣受歡迎。

小木偶皮諾丘

原著／卡洛・科洛迪（Carlo Collodi，1826-1890，義大利作家）

故事採集・改寫／王洛夫

小鎮上有位老木匠，因為沒有孩子，總是感到孤單寂寞。無意間，他得到一塊會說話的木頭，便把它做成精巧的小木偶。沒想到，小木偶真的站起來了，老木匠高興的抱著他又唱又跳。

調皮的小木偶到處玩耍闖禍，害得爸爸被關進監獄。後來，爸爸為了幫他買課本，賣掉僅有的外套挨寒受凍，小木偶才答應乖乖去上學。但是，前往學校的途中，他聽到馬戲團表演傳來的喇叭聲和鼓聲，心想：「馬戲團真好玩！看完再上學不會怎樣吧？」貪玩的小木偶溜進帳篷，為了拯救馬戲團裡將被當柴火燒的木偶，決定犧牲自己。馬戲團老闆深受感動，賞給他五枚金幣。

回家的路上，跛腳狐狸和瞎眼貓告訴小木偶：「有個奇蹟草原，只要你種一個金幣，就會結出滿樹金幣。」小木偶受騙了！狐狸和貓在半路上逼

小木偶交出金幣，小木偶把金幣咬在嘴裡不肯放，他們氣得將小木偶吊在橡樹上。

小木偶快斷氣時，仙女及時出現救了他，小木偶因為心虛，對仙女說謊。咦？他發現自己的鼻子怎麼愈變愈長？

「嗚……我再也不敢說謊了。」小木偶忍不住哭了好久，仙女才讓啄木鳥把他的鼻子啄回正常的模樣。

這一次，小木偶下定決心去上學，同伴們又引誘他去歡樂國，那裡的孩子不必上學、不必工作，只要玩樂就好，小木偶禁不住誘惑一起去，開心的玩了五個月都不肯回家。有天醒來，他發現自己變成了驢子，原來，歡樂國是專門引誘貪玩的小孩，好把他們變成驢子出售。

變成驢子的小木偶被賣到馬戲團，腿卻跛了，老闆打算淹死他，好用他的皮做成鼓……。沒想到，他一跌進海裡，又變回了木偶。這時候，眼前突然出現一隻大鯨魚，直接把他吞進了肚子裡。小木偶在黑漆漆的鯨魚肚子裡，發現遠方傳來微微的光亮，他靠近一看，竟然是爸爸！他們相擁而泣，原來爸爸為了尋找他，駕船到海上，也被鯨魚吞進肚子裡。

聰明的小木偶，趁鯨魚打噴嚏

時，帶著爸爸逃了出來。他們在冰冷的海裡奮力向前游，最後爸爸體力不支游不動了，小木偶不顧一切的拖著爸爸繼續朝岸邊前進……。上岸後，爸爸一病不起，小木偶辛勤的工作，換取牛奶給爸爸喝，並且細心的照顧爸爸。

有一天，小木偶夢見自己變成男孩，覺得好幸福。等他醒來，發現地上有個木偶，原來，這不是夢！是仙女見到他真心改變、誠心報恩，賜給他的獎賞。

難忘心情

小的時候，我就被《木偶奇遇記》的故事深深感動，覺得小木偶頑皮透頂，苦難都是自找的，卻又擔心他遭遇凶險，因為小木偶有捨己為人的好心腸。長大後我發現，許多名著都受這本書的影響，例如：科幻大師艾西莫夫所寫的機器人，因為具有高貴的情感，最後變成真正的人。而什麼才是「真正的人」呢？或許，我們都曾經是木偶、也曾變驢子，甚至當過冷冰冰的機器人，因為找回光明的人性，又成為真正的人，自己卻未必察覺。

說故事的人

王洛夫，臺東大學兒童文學研究所畢業，大學主修心理與輔導，現任國小教師。作品《那一夏，我們在蘭嶼》獲「好書大家讀」年度最佳少兒讀物獎。《妖怪、神靈與奇事》、《蜘蛛絲魔咒》、《用輪椅飛舞的女孩》獲「好書大家讀」推薦。愛游泳、愛燒菜，覺得說故事就像游泳，既要放鬆又要有Power，寫作就像燒創意菜，要色麗、飄香、味美。

桃太郎

故事採集・改寫／石麗蓉

故事來源／日本民間故事

在美麗的山腳下，住著一對老夫婦。老公公天天上山砍柴，老婆婆每天去河邊洗衣服，日子過得平平靜靜。

「老天爺啊！請賜給我們一個孩子吧！」每天晚上，他們總是這樣祈禱著。但是，希望總是落空。

這天，老婆婆又到河邊洗衣服。洗啊洗，是什麼東西，遠遠的漂在河面上？漂啊漂，愈漂愈近，來到老婆婆身邊。

「一個大桃子！夠我們吃好幾天哪！」老婆婆高高興興把它抱回家。

「好大的桃子啊！這輩子沒見過。」老公公正想剖開它。

「砰！」一聲，桃子裂開，跳出一個白白胖胖的小男孩！

「感謝老天爺！這是天底下最棒的禮物！」老公公、老婆婆又驚又喜，抱著小男孩高興的跳起舞。他們幫小男孩取名桃太郎。

桃太郎一天天長大，長得健康聰明又善良。

好景不常，河對岸小島上，來了一群妖怪。妖怪兇猛又可怕：紅臉、綠髮、凸眼還有尖牙利齒和血盆大口，他們欺負村民、搶奪財物、搜刮農作物，大家都害怕得躲在屋子裡，不敢出門。

「太可惡了！這群妖怪真是無法無天！」桃太郎自告奮勇要去打妖怪，老婆婆雖然擔心，但禁不起他的懇求，只好做些飯糰，讓桃太郎帶在路上，儲備力氣好對付妖怪。

桃太郎帶著飯糰，信心滿滿的出發。走著走著，前面來了一隻白狗。

白狗問：「你要去哪兒？」

桃太郎說：「要去小島上打妖怪。」

白狗說：「給我一個飯糰，就跟你去打妖怪。」

桃太郎給白狗一個飯糰，白狗就跟桃太郎一起走。

又來了一隻猴子。猴子問：「你們要去哪兒？」

桃太郎答：「要去小島上打妖怪。」

猴子說：「給我一個飯糰，就跟你去打妖怪。」

桃太郎把第二個飯糰給了猴子，猴子就跟他們一起走。

又走了一會兒，遇到一隻雉雞。雉雞說：「我好幾天沒吃東西，可以給我食物嗎？」

看到雉雞餓得快走不動，桃太郎把最後一個飯糰給了他。

雉雞問：「你們要去哪兒？」

桃太郎說：「去小島上打妖怪。」

「我也要去！」雉雞就跟他們一起走了。

桃太郎、白狗、猴子和雉雞，浩浩蕩蕩過了河，上了小島。

小島上只見奇岩怪石，妖怪在哪兒？

白狗靈敏的鼻子循著奇怪的氣味，找到妖怪的窩巢。

高高的城牆怎麼進去？

猴子爬上樹，一晃盪就進了城牆裡，趁妖怪睡覺，偷了鑰匙打開城門。

桃太郎衝進去，朝妖怪一棒打去，妖怪們醒來正要還手，雉雞飛上來，尖尖的嘴巴，對準妖怪的凸眼用力啄去。白狗撲過來，咬住妖怪的腿。猴子跳上來，在妖

怪的背上亂抓。妖怪痛得哇哇大叫，跪地求饒。

桃太郎、白狗、猴子和雉雞，收服妖怪，帶著村人的財物，興高采烈唱著勝利的歌，回到村裡。村人早已等在路旁熱烈歡迎，老公公和老婆婆也在廚房裡忙著準備豐盛的大餐，慰勞這群勇敢的小英雄呢！

難忘心情

〈桃太郎〉是家喻戶曉的日本民間故事，已經記不得最早是從哪裡聽到這個故事的，或許是媽媽，或許是阿嬤，因為她們都曾經歷日據時代。記得小時候，媽媽會教我們唱一首日本童謠——ももたろうさん　ももたろうさん……內容就是描寫桃太郎的故事。寫故事時，我特別打電話給媽媽，向她請教桃太郎的故事細節。八十幾歲的媽媽，在電話中還輕快的唱著這首歌，那滿滿的元氣就像桃太郎昂首闊步，充滿信心要上山去打妖怪。這種感覺，或許就是這個故事一直留在我心中的原因吧！

說故事的人

石麗蓉，生於基隆的宜蘭人。當過二十五年的老師，喜歡畫畫、寫寫、走路、看書、聽音樂。久居都市之後，現在練習當鄉下人。

已出版作品：《小黑猴》、《我不要打針》（獲第37屆金鼎獎）、《穿越時空的美術課》、《12堂動手就會畫的美術課》、《爸爸的摩斯密碼》、《好傢伙，壞傢伙？》。

船長的勇氣

故事採集．改寫／廖炳焜

原著／梅爾修斯（美國作家）

普萊斯頓無意中注意到一個小男孩，為了買一本航海書，走了四家書店，都沒有人願意讓小男孩賒帳。他對這個想買書的孩子產生了興趣。

普萊斯頓跟著男孩來到第五家書店。小男孩走到老闆面前，說出自己的請求。

「你為什麼需要這本書呢？」老闆問。

「我沒錢上學，只能在家自學。我爸爸是個水手，他去過的那些地方，我都想了解。」

「你爸爸還出海嗎？」

「他已經去世了。」男孩紅著眼眶，說：「我長大也要當水手。」

「真的？」老闆很驚訝。

「是的，只要我還活著。」小男孩態度堅定。

「小朋友，這本書我賣給你，不足的錢，你什麼時候還都可以。或者，我也可以給你一本舊書，只要五十美分，內容跟新的一模一樣。」

「啊，太棒了！這樣我可以省下一些錢。」

普萊斯頓這時候把小男孩已經走了四家書店的事告訴老闆，老闆聽了之後，對男孩說：「我相信，你這種堅忍不拔的精神，會讓你出人頭地。」

「先生，您實在太好了，謝謝您。」一旁的普萊斯頓忍不住問：「小傢伙，你叫什麼名字？」

「威廉．哈特雷。」

「你還需要其他書嗎？」普萊斯頓又問。

「當然，愈多愈好。」小男孩說。

普萊斯頓給他兩美元，說：「去買些書吧。」

小男孩簌簌的流下眼淚，說：「先生，您真好，可以把您的大名告訴我嗎？」他記下了普萊斯頓的名字。

三十年後的某天，普萊斯頓乘船到歐洲，不幸在海上遇到一場罕見的大風暴，所有的桅杆都斷了，海水不斷湧進船艙。水手們用盡了一切方法，水卻愈積愈多，最後連水手都感到絕望了，他們離開了崗位，準備聽天由命。

這時，船長神態自若的走過來，看看情況已經糟到什麼地步，他命令水手們立刻回到自己的崗位去。

普萊斯頓問船長：「船，還有救嗎？」

船長仔細的看了看普萊斯頓，說：「先生，只要甲板還能露出水面，我就不會拋棄我的船。」他轉過身，對所有圍在身邊的乘客說：「旅客們，大家都去排水！」

本來瀕臨絕望的旅客，也受到船長強烈信念的鼓舞，又重新振作起來，加入了排水的工作。

船終於安全抵達英國。乘客們下船時，船長一動不動的，站在船首頻頻向乘客們點頭。

普萊斯頓經過船長身邊時，船長拉住了他的手，問：「普萊斯頓先生，您還認得我嗎？」普萊斯頓搖搖頭。

「三十多年前，您曾經跟著多次碰壁的男孩去買書，您還記得他嗎？」

「喔，我牢牢記得，他的名字叫威廉．哈特雷。」

「我就是威廉．哈特雷。」船長說：

「上帝保佑您！」

「上帝也保佑您，哈特雷船長。」普萊斯頓說：「是您三十多年前買書的堅持，拯救了我們全船的人！」

難忘心情

小時候就讀過美國作家梅爾休斯寫的〈船長的勇氣〉，原本以為已經忘記，二〇一四年四月十六日發生韓國世越號沈船事件，整個故事馬上在腦海中清晰起來。我想，世越號的船長若是威廉．哈特雷，而不是那個棄船而逃的李俊錫，傷亡應不至於那樣慘重吧！

說故事的人

廖炳焜，臺東大學兒童文學研究所畢業。得過一些兒童文學創作獎，自認不是作家，只是一個「愛說故事的人」。出版有《聖劍阿飛與我》、《人野狼與小飛俠》、《我們一班都是鬼》、《我的阿嬤16歲》、《老鷹與我》、《板凳奇兵》、《來自古井的小神童》、《火燒厝》等書。曾獲得好書大家讀好書推薦、金鼎獎入圍。

平日熱愛單車運動，常吹牛：「沒有上不了的坡，沒有過不了的河。」目前除了寫作，也常和老師、家長們分享親子共讀以及閱讀寫作的經驗。

國家圖書館出版品預行編目 (CIP) 資料

111 個最難忘的故事 . 第三集 , 小獵犬 / 傅林統等
合著 ; 王秋香繪 . -- 初版 . -- 新北市 : 字畝文化創意
出版 : 遠足文化發行 , 2018.05
面 ; 公分 . -- (Story ; 8)
ISBN 978-986-96089-6-1(平裝)
859.6 107005052

Story 008

111個最難忘的故事 第三集 小獵犬

作者｜傅林統、劉伯樂、陶樂蒂、林武憲、施養慧、鄭丞鈞、陳郁如、
洪淑苓、黃海等
繪者｜王秋香

字畝文化創意有限公司
社長兼總編輯｜馮季眉
責任編輯｜洪 絹
特約編輯｜陳玫靜
封面設計｜三人制創
內頁設計｜張簡至真

出 版｜字畝文化創意有限公司
發 行｜遠足文化事業股份有限公司（讀書共和國出版集團）
地 址｜231 新北市新店區民權路 108-2 號 9 樓
電 話｜(02)2218-1417
傳 真｜(02)8667-1065
客服信箱｜service@bookrep.com.tw
網路書店｜www.bookrep.com.tw
團體訂購請洽業務部 (02) 2218-1417 分機 1124

法律顧問｜華洋法律事務所 蘇文生律師
印製｜中原造像股份有限公司

2018 年 5 月 23 日初版一刷 定價：320 元
2024 年 5 月 初版十刷
ISBN 978-986-96089-6-1 書號：XBSY0008